T0059908

Los hijos del volcán

Jordi Soler

Los hijos del volcán

ALFAGUARA

El papel utilizado para la impresión de este libro ha sido fabricado a partir de madera procedente de bosques y plantaciones gestionadas con los más altos estándares ambientales, garantizando una explotación de los recursos sostenible con el medio ambiente y beneficiosa para las personas.

Penguin
Random House
Grupo Editorial

Los hijos del volcán

Primera edición en México: noviembre de 2021

D. R. © 2021, Jordi Enrigue Soler
Autor representado por Silvia Bastos, S.L. Agencia Literaria

D. R. © 2021, Penguin Random House Grupo Editorial, S.A.U.
Travessera de Gràcia, 47-49, 08021, Barcelona

D. R. © 2021, derechos de edición mundiales en lengua castellana:
Penguin Random House Grupo Editorial, S. A. de C. V.
Blvd. Miguel de Cervantes Saavedra núm. 301, 1er piso,
colonia Granada, alcaldía Miguel Hidalgo, C. P. 11520,
Ciudad de México

penguinlibros.com

D. R. © diseño: Penguin Random House Grupo Editorial, inspirado en un diseño original de Enric Satué

ISBN: 978-607-380-289-5

Impreso en México – *Printed in Mexico*

Ir más allá es un regreso.
SEVERO SARDUY

El asesinato

Vas a tener que matar a Lucio Intriago, le dijo la voz de adentro. Tikú se quedó quieto en el camastro esperando temeroso, amedrentado, la siguiente acometida de la voz. Tenía en la mano una mezcla de yerbas y tripas de pájaro que se estaba untando en la pierna, en una herida que esa noche le supuraba con una profusión maligna. Vas a tener que matar a Lucio Intriago antes de que él venga a matarte a ti, no te demores, tienes que hacerlo pronto, siguió diciéndole la voz. La luz de la luna alumbraba el ventanuco, su fulgor fantasmal traspasaba la suciedad del vidrio y se estancaba dentro de la cabaña. El fuego que ardía en la estufa reverberaba en la mezcla oscura y grasosa que había empezado a untarse en la herida. La voz de adentro volvió a hablarle, pero en esa ocasión, lejos de cualquier temor o amedrentamiento, comenzó a sentirla como cosa suya, como si matar a Lucio Intriago fuera su propia ocurrencia. En un estado de arrebato casi místico, Tikú cogió la escopeta y abandonó la cabaña, una niebla turbia cubría la parte alta de la sierra; el frío inclemente obligaba a los pájaros a replegarse en el breñal, en las oquedades de los árboles, a apretarse en el hueco donde ya entrada la primavera empezarían a amontonarse sus crías. Aunque iba arrastrando la pierna, el dolor de la herida ya poco le importaba frente a la urgencia de cumplir con lo que le decía la voz de adentro, que ya para entonces era la suya, un comando único que no había manera de evadir, no había forma siquiera de pensar más allá de los límites que establecía la voz. Reinaba en la atmósfera un silencio enfermizo, era una de esas madrugadas en las que la masa de nieve que cubría el suelo se tragaba todos los ruidos, todos menos el estruendo de esas palabras que con una autoridad ineludible repetían una y otra vez lo mismo y lo impulsaban montaña abajo.

El día anterior, cuando Tikú miraba desde un peñasco la ladera, se había fijado en una tienda roja plantada en un claro que se abría entre los árboles, y en un hombre que se afanaba en limpiar con la hoja del machete la nieve que se había juntado dentro de un redondel de piedras. No era habitual ver a alguien ahí, a esa altura de la sierra, en esa época del año. El hombre se había puesto a colgar su ropa en un alambre fijado entre dos árboles, colocaba cada prenda con un cuidado excesivo y la observaba durante un largo rato como si estuviera desentrañando un enigma. Después se había concentrado en avivar el fuego dentro del redondel y fue en cuanto las llamas le iluminaron el rostro que Tikú reconoció, traspasado por un miedo repentino, el perfil de Lucio Intriago.

Iba evocando todo eso que había visto el día anterior mientras descendía precipitadamente la montaña, estaba seguro de lo que debía hacer; el intruso no era una amenaza real ni era factible que llegara a sus dominios, para eso había que conocer perfectamente el territorio, haber vivido mucho tiempo ahí, y ese no era el caso de Lucio Intriago, que vivía lejos, en San Juan el Alto, allá donde comenzaba la selva.

Aquel intruso no era una amenaza, era una cuenta pendiente, y luego de que le hablara la voz de adentro le pareció muy claro que acabar con él era imprescindible, no había por qué dejar más tiempo esa cuenta viva. Bajaba alumbrado todavía por la luz de la luna, avanzaba rápidamente, iba dejando un surco luminoso en la nieve porque arrastraba la pierna herida, quería terminar cuanto antes su cometido, tenía que acallar a la voz, que no dejaba de repetir lo mismo una y otra vez dentro de su cabeza, y además quería hacerlo pronto para evitar que lo viera algún hijo del volcán en ese rapto, con el arma preparada, el gesto desencajado y la urgente voluntad de matar a su enemigo.

Llegó al peñasco en el momento preciso en que el sol comenzaba a salir, y la ladera de la montaña se iba iluminando con un claror que liquidaba gradualmente las tinieblas; con esa luz primeriza que se colaba entre los árboles, Tikú alcanzó a ver la tienda roja y el redondel, que estaba otra vez cubierto de nieve, donde Lucio Intriago había encendido el fuego el día anterior. Al contemplar desde esa altura la escena del crimen que estaba a punto de cometer, dudó, llegó a pensar que en cuanto estuviera delante de Lucio Intriago no iba a encontrar valor para matarlo, pero la duda se perdió enseguida en medio del estruendo que le ocupaba la cabeza, sabía perfectamente en qué acababa todo cada vez que le hablaba la voz, bajaba la montaña como un poseído y fue hasta que tropezó por tercera vez que su coyote, que venía siguiéndolo desde que había salido a toda prisa de su cabaña, se puso a andar delante de él para señalarle la ruta, más que nada en las zonas muy escarpadas, que a esas horas estaban cubiertas de hielo. Así bajó la pendiente con el coyote guiando el descenso y el estruendo de la voz repitiéndole una y otra vez lo que tenía que hacer y, cuando ya estaba muy cerca de la tienda, como a unos veinticinco metros, se detuvo, un instante sólo, para observar el área y valorar la situación. ¿Observar?, ¿valorar?, todo lo que tenía que hacer era encañonarlo y disparar, caminaba con la escopeta amartillada, su coyote, que parecía que lo entendía todo, decidió que hasta ahí llegaba, que ya no iba con él, se quedó mirando de lejos cómo su amo avanzaba sigilosamente hacia su objetivo. Pasó junto al redondel de piedras y por debajo del alambre que tenía la ropa colgada, llegó frente a la tienda y levantó la portezuela con la punta de la escopeta; estaba oscuro, pero alcanzó a ver a Lucio metido hasta el cuello en un saco de dormir. Aunque tenía toda la ventaja, sintió miedo de ese hombre que hacía treinta años había estado a punto de matarlo, y que con todo y su indefensión seguía inspirándole un miedo atroz. El hombre se incorporó alarmado, algo balbuceó y él se dio cuenta de que no era Lucio Intriago, pero ya era tarde, lo único que deseaba era liberarse del estruendo de la voz de adentro, así que apuntó la escopeta y, sin decir ni pensar nada, disparó.

Cuando se disipó el eco que produjo el disparo en la ladera de la montaña, la voz de adentro ya había cesado, se había esfumado hasta quién sabía cuándo, hasta dentro de otros treinta años quizá, pensó aturdido. El coyote se había refugiado en el bosque, lejos de ese hombre al que su amo acababa de matar a quemarropa y por equivocación. El tiro le había dado en la cabeza, todo el interior de la tienda estaba cubierto de fragmentos, de trizas, de añicos de masa encefálica, de astillas de hueso, de mechones adheridos a retazos de piel; la explosión del cráneo se había detenido de golpe en una nebulosa de piezas diminutas que se aglutinaba contra el nylon rojo. El cuerpo había quedado mutilado, en lugar de cabeza tenía un muñón palpitante del que manaba un grueso arroyo de sangre que, mientras Tikú lo contemplaba sin saber qué hacer, fue inundando el suelo de la tienda y empezó a desbordarse por la portezuela, en una lengua espesa que avanzaba rápidamente. Él seguía impávido apuntándole al cadáver, agarrado con una fuerza exagerada a la escopeta y mirando toda la escena como si otro hubiera sido el asesino, pero en cuanto se juntó la sangre debajo de sus botas, cuando se vio metido en ese charco rojo que fundía la nieve, lo invadió un terror que lo hizo largarse precipitadamente de ahí. Se fue pegando zancadas montaña arriba, el dolor de la pierna se le había recrudecido pero a medida que iba subiendo fue encontrándole una razón: el espanto que le provocaba el asesinato, y la visión de la sangre, que le había manchado las botas, perdían relevancia ante el sufrimiento que le imponía su propio cuerpo. Necesitaba llegar pronto a su cabaña para sentarse a ordenar sus pensamientos, era la voz de adentro la que lo había orillado a actuar así, y eso tenía que liberarlo de la responsabilidad, de la culpa de haber vuelto a matar a una persona. Además, empezó a preocuparle que los hijos del volcán hubieran oído el disparo, iba a tener que hablar con Kwambá para averiguar, sin que sospechara que estaba involucrado, si el tiro se había oído hasta la parte alta de la sierra.

Un rato después, mientras recuperaba el aliento recargado en un árbol, pensó en el cadáver de aquel hombre inocente, del falso Lucio Intriago expuesto a la intemperie, devorado a pedazos por los depredadores del bosque, y le pareció que lo mínimo que le debía a ese desgraciado al que acababa de matar por equivocación era un entierro decente. También iba a desmontar la tienda y a quitar de ahí sus pertenencias, su ropa y el alambre, y luego iba a desperdigar las piedras y las cenizas del redondel, iba a desaparecer la escena del crimen e incluso contempló durante unos instantes la posibilidad de matarse, de escapar de una vez por todas de la sierra, de esa vida de animal que llevaba, y así de paso se libraba de la posibilidad de que volviera a hablarle la voz de adentro. Esto lo pensaba mientras se limpiaba la sangre de las botas tallándolas contra la nieve. Emprendió el camino de vuelta, no llevaba ningún instrumento para cavar una tumba, ni podía ir a la cabaña por una pala porque se haría de noche y, para cuando regresara, los depredadores ya se habrían devorado el cuerpo; calculó que debía haber una zanja, una hendidura en la que pudiera echarlo y después cubrirlo con algo, con tierra, con un montón de ramas o tapar luego la zanja con unos cuantos matojos; la idea era borrar de inmediato el rastro, desaparecer la escena del crimen, quería protegerse y también evitar que asociaran el cadáver con los asesinatos que habían ensangrentado últimamente la región, de los que la gente de los pueblos de la selva culpaba a los hijos del volcán sin mucho fundamento; no quería que les endilgaran a ellos ese crimen, no porque le preocupara el destino de esa tribu que más bien lo despreciaba, sino porque vivían en su mismo territorio y la policía, o el ejército, o quien fuera a ocuparse del caso iba a terminar irrumpiendo en el bosque que le servía de protección, y con un poco de mala suerte darían también con su cabaña y eso iba a complicarle la vida.

En cuanto se acercó a la tienda oyó que algo se movía en el interior que de ninguna forma podía ser el muerto al que acababa de volarle la cabeza, tenía que ser un animal, amartilló la escopeta, alzó cuidadosamente la portezuela con la punta del cañón y lo que vio fue a su coyote trajinando encima del cadáver, ya había desgarrado la bolsa de dormir y hurgaba con el hocico haciendo un ruido lodoso en los alrededores de la barriga. El coyote levantó la cabeza para mirarlo, tenía la cara manchada de rojo, la sangre le emporcaba el morro con unas gotas densas que no alcanzaban a escurrir y unos hilos colorados que le colgaban como babas. ¡Lárgate de aquí, cabrón!, le dijo apuntándole con la escopeta, y el coyote se fue muy sumiso, con la cabeza gacha, aunque de todas formas se quedó ahí cerca esperando a que su amo le diera permiso de regresar para terminar su canallada. El cadáver era una desgracia, al destrozo del escopetazo se había sumado el hueco que había abierto el coyote, trató de envolverlo con la bolsa de dormir pero estaba toda desgarrada, y no le quedó más alternativa que amortajarlo con su propia tienda. Había un orden impecable en esa decisión, había incluso algo parecido al privilegio: el muerto se llevaba a la tumba su última casa. Quemó sus pertenencias en una hoguera, no encontró ni un documento para saber su nombre y en un acto que contradecía el proyecto de matarse para hacerle justicia a ese desdichado, se quedó con el machete y con las botas. Era más de mediodía y empezaba a hacer un frío cuajado de humedad que hacía crepitar los troncos; en lo que se iban descongelando, liberaban un sonoro chisporroteo que acobardó al coyote, lo mandó a situarse lejos medio escondido detrás de las hojas de un capul. Le extrañó que entre las cosas del muerto no hubiera ni un rifle ni un revólver, aquel hombre se había instalado en ese paraje remoto al que no llegaban ni los caballos, expuesto a toda clase de maleantes y depredadores, sin un arma para defenderse; quizá habría sido un hombre poco habituado a la vida en el bosque, o un terrateniente acostumbrado a que sus peones lo defendieran; era seguramente un rico pendejo, pensó Tikú ya sin ninguna compasión. El cuerpo quedó amortajado, lo amarró con el alambre para que no fuera a escurrirse y sin hacer caso del intenso dolor que sentía en la pierna, comenzó a tirar rumbo a una zanja que había visto, iba a echar ahí el cadáver y a cubrirlo con un poco de tierra, ya estaba nevando otra vez y la nieve terminaría disimulando la tumba. Tenía que actuar rápidamente antes de que oscureciera, ya regresaría más adelante con una pala para hacerle un entierro en forma, si es que antes no sacaba de ahí el cuerpo un jaguar, un otobú o el mismo coyote, que no le quitaba a la tumba los ojos de encima. Terminó cuando empezaba a anochecer, luego volvió al sitio donde había estado la tienda para eliminar los últimos rastros y después emprendió el camino a la cabaña, se sentía francamente animado, todo el remordimiento que había experimentado unas horas antes había desaparecido, no tenía ya desde luego ninguna intención de matarse.

Una nevada tupida lo acompañó la primera parte del camino, el coyote iba detrás de él, ni siquiera se había acercado a la tumba que acababa de improvisar y eso le pareció un buen signo, la forma que tenía su nahual de decirle que estaba arrepentido de haber metido el hocico en ese cuerpo indefenso. Aquella nevada fue el último coletazo del invierno, lo supo al ver a los changos que empezaban a llenar las copas de los árboles, brincaban de una rama a otra pegando unos gritos horripilantes que se multiplicaban en un eco que relampagueaba montaña arriba, saludaban con ese ritual salvaje la llegada de la primavera. A medida que subía, los monos se fueron quedando atrás, no se hallaban en la sierra, eran criaturas de la selva y necesitaban del calor, de los frutos, del tupido entramado vegetal que les servía de abrigo y de refugio; en cambio él no se hallaba en ningún otro sitio, necesitaba su territorio, sus rutinas y la cercanía del volcán, el coloso que como un dios lo amenazaba y lo protegía y que, a la altura a la que iba ascendiendo en la montaña, ya era el amo y señor del horizonte.

Al llegar avivó el fuego y puso un caldo en la lumbre, no creía que los hijos del volcán lo hubieran visto desmontando la tienda, ni que hubieran oído el disparo, estaban demasiado lejos, haciendo sus cosas, metidos en sus madrigueras, pero de todas formas iba a hablar con Kwambá, quería estar seguro de que el episodio había pasado desapercibido. Se echó en el camastro a untarse en la pierna más emplaste de yerbas y tripas de pájaro; una luna brillante iluminaba el bosque y el resplandor que entraba por el ventanuco dejaba dentro un espectro acuoso que, poco a poco, lo fue conduciendo al sueño.

Tikú sabía que el coyote era su protector, su nahual, porque había aparecido precisamente el día que murió su perro por defenderlo del ataque de un otobú; la muerte de uno había llamado al otro y no cabía más interpretación que la circularidad, la vida que nace de la muerte y la muerte que desemboca en la vida: la naturaleza que se repite como un eco de sí misma. El otobú los había estado acechando a una distancia que los tenía permanentemente en estado de alerta; sentían todo el tiempo el aire tocado por su respiración, un vaho fétido virulento, que no producía ninguna otra criatura en la montaña y que, según los hijos del volcán, se debía a que el otobú era el depredador de los murciélagos, que en esa zona del bosque llevaban siempre la panza repleta de sangre. Tikú traía la escopeta preparada, estaba listo para disparar, y el perro entendía perfectamente el aprieto, por eso resistía pegado a su amo, gruñendo, pendiente de la deriva del otobú que se desplazaba como un fantasma por el grueso manto de nieve que cubría el suelo. No era la primera vez que a Tikú lo seguía una fiera con esa obsesión, con ese método de ir doblando, a unos metros de distancia, cada paso que daba; en tantos años de vivir en la sierra lo habían acechado también los ocelotes, los jaguares y los cerdos salvajes, aunque estos más que de acechar eran de echarse encima, arrancaban de improviso con una carrera trepidante que hacía temblar la tierra, y que él aprovechaba para apuntar la escopeta y liquidarlos, alguna vez a menos de un metro de distancia. En otra ocasión el cuerpo de un tigrillo que liquidó en el aire, en pleno salto, le cayó encima y lo dejó manco una temporada, sin la posibilidad de montar sus trampas y sin poder agarrar la escopeta para defenderse de los peligros del bosque. Al final, aquel otobú logró sorprenderlos: en cuanto dejaron de sentirlo y pensaron que se habían librado de su acoso, los atacó, brincó tres, cuatro, seis metros por arriba del breñal, en un espacio donde el bosque no era tan espeso y, cuando iba a soltarle un zarpazo, que lo hubiera dejado muy malherido, y antes de que pudiera colocarse la escopeta, el perro se cruzó por delante y se llevó un golpe sólido que lo lanzó contra un árbol. La intervención del perro le permitió a Tikú acomodarse para sorrajarle un disparo al otobú que le dio en el pecho, y después otro, ya que estaba abatido en el suelo, en plena cabeza, un disparo con saña, un disparo vengativo porque acababa de ver la forma en que su perro se había golpeado contra el árbol, había escuchado ese sonido inconfundible que hace un cuerpo que se ha roto para siempre. Después del estruendo que había producido el segundo disparo se arrodilló ante el cadáver de su perro; el cuerpo seguía caliente pero ya tenía los ojos vacíos. Tikú había caminado más de una hora con el cadáver en los brazos, era un pastor grande de veintitantos kilos que había llegado un día a su cabaña, nunca supo de dónde, ni si huía de alguien ni si iba de camino hacia algún otro lugar y había decidido quedarse con él; en todo caso le debía el esfuerzo de llevarlo en brazos, no podía enterrarlo ahí mismo en el sitio donde yacía expuesto el cuerpo del otobú, ese depredador artero que merecía que se lo comiera una piara de cerdos salvajes, o que llegaran los hijos del volcán a desollarlo, a quedarse con la piel y a quitarle las garras y los colmillos. Mientras caminaba de regreso cargando al perro, había sentido que un coyote lo iba siguiendo muy de cerca, oía cómo se hundían sus pisadas en la nieve, escuchaba su respiración y en ciertos momentos podía olerlo, le entraba por la nariz su poderoso hedor a pelambre húmeda. Llegando a la cabaña dejó el cuerpo encima de la mesa, lo extendió como hacía con los animales que cazaba y le pareció más pequeño de lo que era, como si la muerte ya hubiera empezado a diezmarlo. Cogió la pala y comenzó a hacer un agujero enfrente de la cabaña, y mientras cavaba veía de reojo al coyote, que no dejaba de vigilar sus movimientos desde una conveniente distancia. Hizo una tumba estrecha y profunda, como hacían los hijos del volcán cuando enterraban sus cadáveres; los ponían de cabeza porque tenían la idea de que así se reintegraban de una forma más ordenada a la tierra, decían que el cuerpo se iba más rápido de ese modo, que el muerto sufría menos, decían. A él en esa época no le gustaban los hijos del volcán, pero sabía que habían vivido en la parte alta de la sierra desde el principio de los tiempos y, en ciertas cosas, lo sensato era imitarlos, seguir sus procedimientos y adoptar sus costumbres, así que metió el cadáver de su perro de cabeza en el agujero, pero tuvo que apuntalarlo con unas ramas porque si no se escurría hacia abajo y quedaba como acurrucado en el fondo. Luego había rellenado la tumba y puesto encima una pequeña torre de piedras que rápidamente empezó a cubrir la nieve. El coyote no perdía detalle, se había echado a unos cuantos metros de donde él estaba, pero se mantenía atento, lo miraba de una forma que lo hizo pensar en la circularidad de la vida: ese animal estaba ahí ocupando el lugar de su perro. También pensó que quizá el coyote estaba ahí por un motivo más práctico, buscaba qué comer y quizá esperaba a que él se metiera en la cabaña para saquear la tumba. Como quiera que fuera, desde entonces el coyote se había convertido en su aliado, en su nahual, era su guardián, y a veces su guía o su sombra.

Al día siguiente del asesinato, Tikú volvió con la pala y cavó una tumba honda y estrecha para que el muerto se fuera rápido y con la cabeza por delante; la pierna le dolía menos, le había hecho efecto la mezcla de yerbas y tripas de pájaro que se había untado la noche anterior. La primavera había llegado y no quería que surgiera el cadáver a la hora del deshielo. Luego regresó a su rutina, pasó los siguientes días como si no acabara de matar a un inocente, haciendo sus recorridos habituales y las maniobras de intendencia de las que dependía su vida en el bosque: recogía las presas, montaba nuevas trampas y cambiaba de sitio las que encontraba saqueadas por los hijos del volcán. Últimamente, en lugar de usar una sola estaca, estructuraba las trampas con dos palos largos que afilaba con el cuchillo, colocaba uno enfrente del otro, tendía las cuerdas entre dos árboles y apretaba los nudos buscando el ángulo perfecto para que corrieran mejor las piezas, así los elementos podían pivotar de un lado a otro y la presa tenía menos posibilidades de escaparse, terminaba atravesada simultáneamente por los dos palos. Tikú hacía la misma rutina de siempre, no sentía ningún remordimiento por el asesinato, pero continuamente, sobre todo en la noche, cuando trataba de conciliar el sueño, lo abrumaba el temor de que la voz de adentro volviera a hablarle.

Una semana más tarde bajó a San Juan el Alto a vender las pieles y a comprar algunas cosas que necesitaba; en sus idas periódicas al pueblo iba siempre con la inquietud de que alguien fuera a reconocerlo, alguno de los alumnos que había tenido hacía años, y más que nada temía a la gente cercana a Lucio Intriago. Nadie lo había reconocido nunca, seguramente porque la vida en la sierra lo había transformado, parecía uno de esos misioneros locos que trashumaban por la selva, en el pueblo se movía con desconfianza y miraba con ferocidad todo lo que había alrededor, a las personas y a las cosas, se iba desplazando por la calle como un animal, así lo veían y la gente había terminado diciéndole así, el animal; ese era el nombre que le quedaba, el que definía con más precisión su persona, porque era raro, solitario, porque iba embadurnado de mugre o a lo mejor porque ya le intuían ese contubernio con la sangre, no lo sé. Después de su incidente con el cacique, Tikú había tardado casi dos décadas en volver a San Juan el Alto, vendía sus pieles en otros pueblos de la selva, en El Naranjo, en el Coyol, en Paso de las Brujas; ahí podía comprar lo que necesitaba lejos de Lucio Intriago y sus esbirros, hasta que un día se animó a regresar al pueblo y descubrió que nadie era capaz de reconocerlo, no se parecía ya en nada al joven maestro que había sido, o quizá sí, pero como se parece un montón de piedras a la casa que alguna vez estuvo en pie.

Cogió la escopeta, el machete y las pieles que llevaba para vender en un amarradijo, y dejó para otra ocasión las cosas que le había robado al muerto y que tendría que vender en pueblos lejanos para no arriesgarse a que alguien las reconociera, eran objetos caros que en esa selva no estaban al alcance de cualquiera, así que ya los colocaría más allá de Córdoba, rumbo al mar, en Zoroastro, en Zacoalco o en Tlayacán de las Cariátides. Empezó a bajar la montaña, la nieve se había derretido, no quedaban más que algunos túmulos en las zonas de mucha sombra; el coyote lo iba siguiendo de lejos como hacía siempre, no perdía de vista a su amo pero se daba un espacio para desertar y nunca iba más allá de los límites del bosque; en la falda de la montaña la vegetación comenzaba a cambiar, los pinos iban dejando su sitio a las ceibas, a los árboles de mango, a los jobos y a los matapalos, a las palmeras con los nichos cargados de coyoles, a los zopos, a los platanillos, a las ramas cuajadas de macacos que sesteaban o pegaban gritos desaforados. El coyote se detuvo y se echó en una piedra plana a esperar el regreso de su amo, el calor subía desde la selva en una siniestra vaharada, era una lengua punzante que se retorcía desde la garganta del infierno y que anunciaba que en San Juan el Alto debía hacer ya un calor infecto. Se quitó las pieles que traía encima y las escondió entre la manigua, debajo de un chancarro que estaba fuera de la vista de los monos que lo vigilaban desde las ramas, no quería que se las robaran o que se las hicieran trizas o que se cagaran encima como habían hecho en una ocasión; las escondía siempre que llegaba a ese punto y de ahí en adelante seguía con su ropa de pueblo para evitar que lo confundieran con uno de los hijos del volcán, pues la gente de San Juan el Alto y de otros pueblos de la selva les atribuía variados crímenes, decían que eran individuos primitivos que vivían en madrigueras escarbadas en la tierra, que trashumaban como animales por la montaña buscando qué comer, y también se hablaba de sus costras de suciedad, de barro, de fango duro y apelmazado en la cara y en los brazos y además se aseguraba que eran gente mala, la raza siniestra que cada año provocaba el día del fuego, por eso vivían aislados en la zona más enrevesada de la sierra y al amparo del volcán. Todo eso decía la gente, y a él, que vivía cerca de sus madrigueras, le parecía una exageración, aunque era verdad que a él le robaban las presas que caían en sus trampas, o asaltaban de vez en cuando a personas, las amedrentaban para despojarlas de sus pertenencias, y también era cierto que tenían una fealdad salvaje, llevaban barbas y las greñas revueltas, y los cuerpos desmesurados cubiertos con pieles; los hijos del volcán tenían fama de ser una tribu peligrosa, pero Tikú no estaba seguro de que los asesinatos que les endosaban fueran obra de ellos; la gente de los pueblos de la selva hablaba por hablar, se imaginaba cosas y la realidad era que nadie de los que contaban los horrores de esa tribu había visto nunca a un hijo del volcán. Además, por la parte baja de la sierra cruzaba todo tipo de malhechores, militares prófugos, traficantes de droga, zetas descarriados y hasta la célula guerrillera de Abigail Luna se ocultaba en esa zona; cualquiera de los que medraban por aquel ominoso corredor era gente mucho más capaz de asesinar que los hijos del volcán. Si Tikú llegaba al pueblo vestido con las pieles, difícilmente podría argumentar que no pertenecía a esa tribu de bárbaros, no era tan grande como ellos pero llevaba las barbas crecidas y las greñas revueltas, aunque trataba de disimularlas atándoselas con un lazo y las manos prefería mantenerlas ocultas, los años de trajinar por la sierra se las habían transfigurado, más que manos parecían zarpas con las uñas gruesas, oscuras, endurecidas de tanta intemperie.

En cuanto empezaba la selva, Tikú tenía que sacar el machete para irse abriendo camino entre la manigua; iba dando tajos a un lado y a otro para procurarse un espacio en el que pudiera dar el siguiente paso, de otra forma hubiera tenido que ir encaramándose en la breña o avanzando de rama en rama como hacían los macacos que lo iban siguiendo todo el tiempo por arriba, desplazándose por la ruta que trazaban las copas de los árboles, la rama de un árbol que tocaba la del otro y así, una rama detrás de la otra, formaban una tupida urdimbre que no dejaba pasar los rayos del sol. Los monos le gritaban como si quisieran denunciarlo, como si pretendieran hacerle ver a la gente que anduviera por ahí que uno de los hijos del volcán se aproximaba a San Juan el Alto; había incluso algunos que se descolgaban para gritarle más de cerca, para hacerle entender quiénes eran los que controlaban los flujos de la selva, y había otros que lo esperaban en las ramas bajas para hacerle un gesto amenazante, un amago, una finta que de pronto lo hacía trastabillar. Ya párenle, pinches changos cabrones, les gritaba él, y a cada rato tiraba hacia arriba un machetazo, un tajo que se clavaba ruidosamente en la rama y los hacía correr árbol arriba despavoridos, tiraba los machetazos con la intención de darles, de cortarles una mano o un pie para que ese miembro mutilado les sirviera a todos de escarmiento, pero los macacos eran muy hábiles, siempre escapaban del golpe furioso que les tiraba y por fortuna, pensaba Tikú mientras iba cortando la manigua con el machete, los changos no subían a la parte alta de la sierra. De vez en cuando escuchaba la escapada de las víboras, la selva estaba plagada de esas criaturas que se enrollaban en los troncos o en las ramas, o en un nicho velado en la tierra; las serpientes andaban en procesión buscando roedores, corderos desbalagados, un claro en la espesura calado por el sol o un nudo expuesto de raíces en el que disfrutaban tallándose los cuerpos, pero en cuanto sentían venir a Tikú, las víboras huían en masa y en todas direcciones, no querían estar cerca de ese cuerpo al que le hablaba la voz de adentro, eso le había advertido la Chamana en La Portuguesa; esa voz es maligna y las serpientes lo saben, le había dicho hacía años, cuando todavía era un niño: no les gustas, no quieren tenerte cerca, son animales que todo lo presienten y a ti te ven la voz que te habla como si trajeras por dentro una luz.

Llegó a San Juan al mediodía, caminó por la calle con el machete envainado, la escopeta en bandolera y el amarradijo de pieles que iba a vender colgándole en la espalda. La gente lo miraba con la misma abulia que le dedicaban a los burros sobrecargados de ollas y trozos de madera, a los coches destartalados que irrumpían de vez en cuando y rechinaban y echaban humo y espantaban a las gallinas que picoteaban insectos entre las piedras, granos de maíz, semillas pútridas revueltas con el lodazal. La gente miraba con hastío todo lo que pasaba por la calle, no había otra cosa que hacer en San Juan el Alto, pero era verdad que mirando la gente podía calcular por dónde iban a ir los tiros, los tiros de verdad y no su estéril metáfora, se miraba lo que iba pasando por la calle en lugar de ir a preguntarle a la bruja o al adivino, la lectura de los elementos que circulaban por ahí tenía el calado no de un vaticinio, sino de un hecho que no podía más que consumarse. La vez que los zetas habían quemado la casa del señor Galindo, habían pasado por la calle dos Ford rojas llenas de hombres armados en la batea, con un descaro y una parsimonia que anunciaban lo que estaba a punto de suceder: la ráfaga, las llamas, el pandemónium de la carne que se quema. Pero a Tikú lo miraban de otra manera, les daba pena, risa, compasión quizá, era percibido como un visitante inofensivo, inocuo pero molesto, porque todo lo que no era de San Juan molestaba a los sanjuanenses, lo que no era de ahí era percibido como un peligro, como si ellos mismos no estuvieran condenados ya a vivir en el averno. Así llegó Tikú al mercado, bien vigilado por la gente del pueblo, que sabía que llevaba pieles de conejo y de liebre para vender y que después pasaría a la cantina a beberse unas tazas de pozol, esa era la rutina que durante años había dejado establecida; la gente sabía eso de él, pero todos ignoraban que Tikú venía de arriba de la sierra, del territorio donde vivían los hijos del volcán, y desde luego nadie era capaz de imaginar que ese triste vagabundo acababa de asesinar a un hombre inocente, de un escopetazo certero que le había desarbolado la mitad de la cabeza.

Que los hijos del volcán eran hombres prehistóricos, decían en San Juan, que ya estaban en la sierra antes de que llegaran los nahuas y los totonacas, que descendían de una estirpe de gigantes que habían llegado del norte. ¿De dónde en el norte?, había preguntado una vez Tikú a Casilda, la del mercado, la mujer que le compraba desde hacía años las pieles, y ella le dijo, molesta porque en la pregunta había detectado cierta incredulidad: pues del norte, le dijo, así nomás del norte, recalcó para que le quedara claro que se trataba de un conocimiento ya asentado e inamovible.

Tikú pasó a la cantina a beber pozol como hacía siempre, pero en esa ocasión llevaba el pendiente de averiguar si se decía algo del asesinato en lo alto de la sierra, tenía la intención de preguntar sobre eso de manera disimulada, de alguna forma que no lo dejara en evidencia, en el caso de que alguien hubiera detectado la desaparición de aquel hombre, que a lo mejor ni era de San Juan. Un grupo de monos armaba un barullo en la copa del árbol que estaba fuera de la cantina, gritaban y se movían nerviosamente de una rama a otra, y el árbol se cimbraba como si lo estuvieran sacudiendo desde el tronco. Bebió dos tazas de pozol en silencio mientras observaba el movimiento del lugar, que era poco, no había más que otros dos clientes sentados en una mesa bebiendo callados uno enfrente del otro. A la una en punto escuchó el noticiario que transmitía un aparato destartalado que el cantinero había refundido entre dos tinajas de pulque, no había rastro del asesinato en las noticias, no había denuncia de la desaparición de nadie, no había investigación ni pesquisa policial, no había nada, pero si se hubiera hablado del asesinato tampoco habría importado, incluso podían haber dado la descripción física del asesino, que estaba ahí mismo bebiendo pozol, y los clientes no habrían prestado atención, ninguno veía más allá de su vaso, ni siquiera el cantinero, que regenteaba su negocio a fuerza de traguitos esporádicos del aguardiente que servía y al final de la jornada terminaba en el suelo como ellos, como todos, ahogado de guarapo con la cara llena de babas pegada a la tierra. Ni siquiera habría importado que Tikú cogiera la escopeta y le pegara un tiro ahí mismo a un cliente, ¿qué iba a importarles a todos estos hijos de la chingada el muerto de la sierra si todos estaban ya bien muertos?, pensó aliviado mientras dejaba cinco pesos encima de la barra y se colgaba la escopeta para emprender el camino de regreso a la montaña.

33

Cuando estaba a punto de salir de la cantina, oyó que uno de los hombres que bebían en la otra mesa le decía al que lo acompañaba: Lucio Intriago anda encabronado porque le mataron a su hermano. Tikú se sintió traspasado por un miedo súbito que lo hizo volver a su silla para escuchar si decían algo más, parecía que su crimen no había pasado tan desapercibido como él pensaba. Dos monos entraron armando una escandalera, uno perseguía al otro, que gritaba mientras huía metiéndose debajo de las mesas, hasta que se trenzaron en una breve y furibunda zacapela que el cantinero interrumpió de un golpe que le atizó con un palo a uno de los changos, y provocó que el otro escapara hacia la calle, aterrorizado y gritando como si quisiera convocar a todos los changos de la selva. El mono que había recibido el golpe se quedó ahí, malherido, trataba de ponerse de pie cuando el cantinero lo empujó con el palo hasta la calle y luego pasó un trapeador para limpiar el manchón de sangre que le había salido al macaco quién sabía de dónde. El hombre que había dicho lo del asesinato del hermano de Lucio Intriago bebía con la mirada puesta en el chango que intentaba ponerse en pie, y el que estaba del otro lado de la mesa no había alcanzado a decir nada a causa de la zacapela.

¿No te ibas ya?, le preguntó con insolencia el cantinero, no le gustaba ese cliente greñudo, primitivo, desastrado, que solo bebía tazas de pozol, pero Tikú no iba a irse sin enterarse de los pormenores del asesinato, así que le respondió al cantinero: sí, ya me iba, pero oí que mataron a Medel Intriago y quisiera saber cómo fue, sabía de él por la lechería, dijo. El hombre que miraba fijamente al chango volteó a verlo con los ojos nublados antes de preguntarle, ¿era usted su amigo? Tikú le respondió que no, que sabía de los Intriago porque eran personas muy conocidas en la zona, nomás por eso. Pues sí, reiteró el otro, mataron al Medel, pobre desgraciado; y después de lamentarse le pidió al cantinero que le diera a Tikú un vaso, para que brindaran los tres por la santa memoria del muerto. El otro individuo que estaba en la mesa protestó en cuanto su amigo propuso el brindis, balbuceó: yo no voy a brindar por ningún Intriago, todos son unos ojetes. Cállate, vas a ofender aquí al animal, que era amigo del Medel, dijo el otro muy comedido. El cantinero le puso un vaso de mala manera y Tikú aprovechó para aclarar: no voy a ofenderme, no era mi amigo, nomás sabía de él, y luego añadió: no quiero tomar, el trago me hace daño. ¿Entonces no va a brindar por su amigo?, preguntó extrañado el hombre, con la botella de guarapo en la mano, listo para llenarle el vaso. No era mi amigo, repitió, porque no le convenía que lo asociaran con el muerto, y enseguida preguntó, ¿cómo lo mataron? Calculó que si no lo averiguaba rápidamente la oportunidad de enterarse iba a desaparecer, porque sus dos interlocutores estaban ya muy borrachos y les quedaba poca lucidez; uno de ellos se levantó y dio dos pasos tambaleándose para llenarle a Tikú el vaso de guarapo, luego regresó a su lugar, llenó el vaso de su amigo antes que el suyo y, después de dar un trago largo, se quedó mirando al mono que ya estaba tendido en la calle, quizá muerto finalmente a consecuencia del golpe brutal que le habían dado. El cantinero, al advertir que el chango no se movía, salió a empujar el cuerpo con el pie, no quería tener eso en la puerta de su negocio, así que lo fue empujando hasta la acequia que había del otro lado de la calle. En cuanto el cuerpo del chango se perdió de vista, el hombre regresó la mirada a la mesa, a la botella, a los vasos, ya ni se daba cuenta de que su invitado no había tocado el suyo. ¿Cómo murió Medel?, insistió Tikú. Nadie lo sabe, dijo el hombre y luego vació su vaso de un trago y lo regresó ruidosamente a la mesa, con los ojos cerrados y muy apretados, como si le hubiera ardido el interior por la bocanada de guarapo que acababa de tragarse. Después dijo, arrastrando las palabras porque ya empezaba a entrar en ese estado que iba a llevárselo en cualquier momento a derrumbarse encima de la mesa: lo único que se sabe es que Medel se fue a la sierra y que no ha vuelto. A lo mejor se quedó, o anda perdido, dijo Tikú haciendo un esfuerzo por ocultar su nerviosismo: que no aparezca no significa que esté muerto, añadió. Usted qué va a saber, terció el amigo que ya estaba todo el tiempo con la cabeza gacha, listo para irse a pique con el siguiente trago, pero repentinamente se enderezó, abrió los ojos y le dijo señalándolo con un gesto autoritario y el dedo que no lograba apuntar bien hacia donde él pretendía: Medel se fue solo unos días a cumplir con la penitencia que le indicó el cura y luego tenía que volver a la lechería para casarse con Covadonga, la hija de Lucio Intriago, y la cosa es que no volvió. ¿Medel se iba a casar con su sobrina?, preguntó Tikú extrañado y, como el hombre pasaba otra vez por el trance de cerrar los ojos mientras se recomponía, añadió: ¿y qué penitencia era esa que le encargó el cura? El hombre no respondió; en lugar de recomponerse se había arrellanado en su asiento con la cabeza echada

36

hacia atrás, parecía que se había quedado dormido. Ya estás bien pedo, Gabino, le dijo el cantinero y enseguida se puso a contarle a Tikú la historia, no iba a perder la oportunidad de reseñarle a quien fuera, incluso a él, que no era bien recibido en su cantina, ese chisme que hacía días que repetían todos los habitantes de San Juan. En cuanto Tikú escuchó que ese hombre se llamaba Gabino reconoció en él al caporal de Lucio Intriago. El cura mandó a Medel a reflexionar, dijo el cantinero sin mirarlo, viendo hacia la calle, hacia la acequia donde había tirado el cuerpo del mono: lo mandó a reflexionar porque embarazó a Covadonga, la hija de su hermano, pero Lucio le dijo que solo se fuera una semana porque tenía que regresar a casarse. A lo mejor por eso huyó, dijo Tikú, porque no quería casarse con su sobrina. Gabino, que seguía como dormido, con la cabeza echada hacia atrás, estalló en una carcajada y luego, con lágrimas en los ojos por el ímpetu con el que se había reído, dijo: si lo que más quería Medel en el mundo era casarse con la Covadonga, aquí lo teníamos día y noche lloriqueando por la chamaca, y porque no sabía cómo decírselo a Lucio. El cantinero añadió, sin dejar de mirar la acequia, que Medel había estado ahí antes de irse a la penitencia que le había mandado el cura, unos días solo pensando en su falta, y que después volvería a casarse como se lo había exigido su hermano. Gabino asintió cuando el cantinero terminó su relato, después del último trago le había vuelto la lucidez; en cambio, su amigo estaba derrumbado sobre la mesa y roncaba ruidosamente. Tikú pensó que había que llegar hasta el final, enterarse de todo, ya no tenía dudas de que el inocente al que había matado era Medel Intriago, así que preguntó, para irse haciendo una idea del lío en el que se había metido: ¿y la policía ya está buscando al asesino? Gabino soltó otra carcajada antes de decirle: al único que le importa Medel es a su hermano, porque ya le dejó viuda a su hija y sin padre a su nieto, por eso ha prometido que él mismo va a encontrar al asesino. ¿Y la policía?, insistió Tikú, tratando de reprimir la oleada de miedo que le había producido esa información. Gabino se echó a reír otra vez, secundado por las risotadas festivas del cantinero, y entre risa y risa le dijo, señalando sin mucha puntería al hombre que roncaba ruidosamente sobre la mesa: este es el jefe de la policía de San Juan el Alto. Pero después del alboroto Gabino se puso serio, y mirando a Tikú con una sobrecogedora ferocidad, le increpó: ¿por qué estás tan interesado en la policía?, a lo mejor fuiste tú el que mató a Medel, pinche animal, le dijo y siguió mirándolo mientras el cantinero soltaba una carcajada que enseguida reprimió al ver a Gabino tan serio. Tikú se defendió, intentando que no se le notara el miedo que lo aturdía, argumentó que él no era ningún asesino ni tenía ningún motivo para matar a Medel Intriago. Ándate con cuidado, cabrón, le advirtió Gabino con dureza y después se sirvió más guarapo, ya estaba bastante borracho y el primer trago le provocó un ataque de tos que terminó en un pedregoso carraspeo y en un gargajo lánguido que le escurrió de la boca y fue a parar a la manga de su guayabera.

Perturbado por lo que le había dicho Gabino, y sobre todo por la ferocidad con que lo había mirado, Tikú se internó en la selva y comenzó a subir rumbo al volcán. En cuanto empezó a abrirse camino comenzaron a aullar los monos, a seguirlo por las copas de los árboles, por las ramas, y a provocarlo descaradamente muy de cerca, arriesgándose a que les soltara un machetazo y les truncara una oreja o los dedos de la mano y los dejara mutilados. Cercenaba ramas y tallos y vástagos con los golpes de su hoja afilada, al tiempo que se le expandía de la mano hacia el codo el flamazo verde que a cada tajo le iban dejando las salpicaduras de la savia; tenía bien entendido que un muerto se pagaba con otro muerto, así lo dictaba el ojo por ojo que todos en la selva conocíamos perfectamente. Llegó al chancarro, recogió sus pieles y, mientras se las echaba encima, decidió que para evitar riesgos no iba a volver a bajar a San Juan, pero también pensó que estaría a salvo mientras no encontraran el cuerpo de Medel, el asesinato no existía sin esa evidencia, por más que ya todo el pueblo lo estuviera cantando y buscándole al muerto un ejecutor. Los monos dejaron de molestarlo en cuanto el volcán empezó a adueñarse del horizonte, ya no era la lejana alegoría que se divisaba desde el pueblo, era otra vez el coloso en torno al cual se arremolinaban él y los hijos de ese venerado tótem prehistórico. Estaba por llegar el día en que el volcán, después del deshielo, se aliviaba del magma caliente por los veneros; al principio de la primavera lanzaba un envión que hacía temblar el suelo y lo calentaba tanto que le quemaba los pies con todo y las botas, salía humo de entre las yerbas y a veces llegaban a incendiarse algunos árboles. Tikú había construido su cabaña lejos de los veneros, y sabía que los hijos del volcán habían tomado la misma precaución con sus madrigueras, pero de todas formas el suelo ardiente los cogía siempre desprevenidos, yendo hacia algún lado, nunca se sabía bien en qué momento el coloso iba a liberar el magma y, cuando lo hacía, tenían que subirse a la rama de un árbol esperando que no fuera a incendiarse, y aguantar a que pasara el envión, que a veces duraba más de una hora en lo que se vaciaba la materia ardiente acumulada que bajaba, por dentro de la tierra, toda la montaña, y después toda la selva, en donde gente de distintos pueblos tenía también que subirse a los árboles para que el calor del suelo no les quemara los pies. Ese día no era raro, durante el tiempo que duraba el envión, ver palmeras o ceibas o la hilera completa de un maizal ardiendo en un fuego súbito y a veces las llamas alcanzaban algún animal, y tampoco era raro ver estampidas de vacas, o caballos a todo galope, que trataban de huir del suelo que les quemaba las pezuñas. La gente de los pueblos lo llamaba el día del fuego y sabían que era la forma que el volcán tenía de hacerles sentir su presencia y su poder; ese día parecía que quería advertirles que si quisiera podría partir la tierra en dos y calcinar la selva, por eso era un dios el volcán, porque disponía de la vida de todas las criaturas y las atemorizaba como hacen los verdaderos dioses, los dioses a los que hay que temer. Temor era lo que inspiraba el volcán, temor y reverencia, temor y el deseo de ser protegidos por ese gigante que tenía en sus manos la existencia de todos los pueblos, el mismo temor que inspiraban los hijos del volcán a los que todos evocaban el día del fuego; aquellos incendios eran del volcán y de sus hijos; el magma ardiente bajaba de la montaña, cruzaba la selva y desembocaba mar adentro, lejos de la tierra, eso se sabía porque dejaba flotando en el agua una estela de peces muertos. Pronto llegará el día del fuego, pensó Tikú con ganas de que el magma ardiente calcinara los restos de Medel Intriago y así, con la evidencia desaparecida, lo liberara del asesinato.

El coyote lo esperaba subido en una piedra, miraba con fijeza un macizo de cascalotes, el punto exacto por el que su amo surgió de la espesura; parecía que el nahual había estado ahí montando guardia durante todas las horas que había tardado en ir y venir; ese gesto terminó de reconciliarlo con el coyote, verlo hurgando con el hocico en las tripas de Medel lo había afectado, lo había hecho pensar en lo que haría ese animal con su cuerpo si le tocaba morirse primero, incluso había pensado pedirle a Kwambá que, llegado el momento, lo enterrara antes de que el coyote atacara su cadáver, a cambio podía dejarle sus trampas, su cabaña, su escopeta, su reino por una tumba que lo pusiera a salvo de su propio nahual.

Llegando a la cabaña desolló un conejo; primero le arrancó los ojos para que se desangrara rápidamente, le rajó los corvejones y le hizo una punción en la barriga y, mientras se vaciaba el cuerpo en un barreño, le hizo un tajo detrás de las orejas a partir del cual tiró con fuerza para arrancarle la piel; luego puso agua a calentar para hacer un caldo en lo que machacaba un puño de yerbas y las iba mezclando con un amasijo de tripas de pájaro para componer un emplaste, una combinación más dura de elementos, más salvia, más raíces de capul, de tepejilote, de platanillo, la herida iba remitiendo y no quería que agarrara un segundo aire, sabía que debía insistir; ya no era la flor descarnada de hacía unos días, era más un oleaje de pliegues sucios que se iban yendo hacia dentro, hasta donde quiera que se acabara el agujero que se había hecho con un punzón, una herida ridícula, indigna, ignominiosa, porque le recordaba los años y las desventuras que llevaba encima.

En una tabla que tenía colocada en la pared había alineados una docena de cuencos donde juntaba yerbas, raíces, hojas maceradas, un catálogo de la flora comestible que crecía en la parte alta de la montaña; desde el principio se había dado cuenta de que en aquel territorio no podía cultivarse nada, el suelo tenía demasiados accidentes, y la tierra, una química despótica que lo obligaba a horadar y a desenterrar, a arrancar las yerbas y las raíces en lugar de sembrar y segar. Quizá no alcanzaba a comprender que aquella circunstancia era la viva metáfora de su vida: quien solo horada y arranca rompe su lazo con la tierra, cada yerba que desencajaba producía un hueco y esa multitud de huecos había engendrado, durante los años que llevaba viviendo solo en la montaña, un enorme vacío, no quedaba nada en donde debía haber un rastro, un pasado, una historia. En los años que llevaba recolectando, preparando y almacenando estos elementos, había aprendido que para sobrevivir en esa montaña no había más variedad que la que tenía encima de esa tabla, pero quizá lo más importante de esa docena de cuencos era su halo simbólico, esa fila de recipientes que él había fabricado con sus manos era su último nexo con el hombre civilizado que había sido alguna vez, con el muchacho al que yo había protegido y solapado en La Portuguesa, porque en lo demás Tikú se había convertido en un hijo del volcán, tenía el mismo aspecto agreste, depredaba la montaña, era capaz de distinguir un rastro en el viento y había aprendido a enterrar a los muertos como ellos, aunque era cierto que no vivía en una cueva escarbada en la tierra, y que al halo simbólico de los cuencos había que añadir la cabaña, pues dentro podía estar erguido, no tenía que arrastrarse y eso, el estar de pie dentro de su casa, también era un vestigio de la civilización que todavía conservaba; sabía que en cuanto abandonara sus cuencos empezaría a arrastrarse, se convertiría finalmente en un salvaje y cuando le hiciera falta una yerba o una raíz, saldría a buscarla como hacían los hijos del volcán, arrancaría un brote y sin más ceremonia se lo llevaría a la boca. Antes de echarse en el camastro para untarse el emplaste que había preparado, arrojó hacia la guarida del coyote el conejo desollado con el que había hecho el caldo. Esto es para que no me comas las tripas, le dijo, para que dejes a Kwambá enterrar mi cuerpo completo, para que no me hagas lo que le estabas haciendo a Medel Intriago, coyote cabrón.

Al día siguiente, mientras forcejeaba para desencajar un conejo de las estacas que lo atravesaban, apareció Kwambá. Voy a tener que cambiar la trampa de sitio, dijo Tikú con un enfado considerable en cuanto lo vio. No comprendo qué quieres decir, replicó el hijo del volcán haciéndose el desentendido, y se quedó ahí contemplando el esfuerzo que hacía para no despedazar la pieza, tiraba de un extremo y del otro y todo lo que conseguía era arrancarle mechones sanguinolentos. Cuando logró desencajarla comprobó que el conejo había quedado destrozado, ni siquiera la piel iba a poder aprovechar, así que lanzó los despojos hacia donde estaba el coyote. Estás de suerte, le dijo, no hace ni un día que te zampaste el otro que te di. El coyote olisqueó lo que había quedado del animal, era una masa dislocada de pelos e hilachos de carnaza que sin ningún reparo comenzó a devorar. Mi nahual es más respetuoso que los hijos del volcán, conoce dónde están todas mis trampas y nunca me ha robado una sola pieza, le hizo saber a Kwambá, que miraba con curiosidad la forma en que el coyote lidiaba con un trozo, lo sujetaba con las patas mientras daba unos impetuosos tirones con el hocico. Cuando Tikú ya se iba yendo a hacer un largo y sinuoso periplo, para confundir al hijo del volcán antes de llegar a la siguiente trampa, Kwambá se plantó frente a él y mirándolo con osadía, desde la estridente superioridad física que imponía su altura, soltó: tu hijo quiere verte. ¿Qué hijo?, preguntó Tikú a la defensiva; pensaba que el asunto con la hija del volcán había prescrito porque a nadie le interesaba recordarlo, se trataba del desliz de una de sus mujeres que la tribu prefería ignorar, así había interpretado el silencio de todos esos años alrededor del episodio. El hijo que le hiciste a Nakawé, respondió Kwambá y luego, como si todo fuera hablar del mismo tema, añadió, dirigiéndose al coyote, que seguía dando cuenta ruidosamente de los despojos: los coyotes son nahuales del mal. ¿Nahuales del mal?, preguntó Tikú mientras se limpiaba la porquería que le había dejado el conejo en las manos, ¿qué clase de zarandaja es esa?, protestó. La imagen del animal hurgando en el cuerpo de Medel Intriago le había hecho un daño profundo y no quería que la forma en que los hijos del volcán miraban a su coyote terminara convirtiéndolo, efectivamente, en una criatura maligna; sabía que las fuerzas del mal se desamarran en cuanto se les deja entrar, en el instante en que se cree en ellas, sabía que al mal se le convoca del mismo modo en que la baja presión atmosférica convoca la tempestad. Kwambá insistió: tu hijo quiere estar contigo. ¡No tengo ningún hijo!, respondió Tikú con dureza, pensando que aquello era lo último que le faltaba: que al regreso de la voz de adentro, y al asesinato y a la venganza de Lucio Intriago, que ya esperaba con un temor creciente, se sumara el reclamo de paternidad del muchacho, y todo sucedía, inexplicablemente, al mismo tiempo. Ahora me voy a hacer mis cosas, dijo para zanjar el tema, antes de echarse a andar. Kwambá no dijo nada pero Tikú sabía que en cualquier momento iba a volver a insistir, no le gustó que reviviera ese episodio que parecía sepultado, podía, por supuesto, negarse a hablar con el muchacho, podía incluso negar su paternidad pero, de todas formas, pasara lo que pasara, difícilmente iba a evaporarse el asunto y prometía ser una monserga.

Esa misma tarde, cuando preparaba un caldo en el fuego, apareció el muchacho en la puerta de su cabaña, balbuceando algo para llamar su atención. ¿Qué quieres?, preguntó Tikú de mal humor. El muchacho se le quedó mirando intrigado, se notaba que quería absorber la totalidad del entorno en el que vivía su padre, al que veía por primera vez de frente, porque otras veces ya lo había visto de lejos cuando lo espiaba; era un hijo del volcán como los demás, iba vestido con sus burdas prendas de piel y tenía la misma greña que se confundía con las barbas y la misma apariencia sucia, pero también tenía exactamente la talla de Tikú, era el único individuo de baja estatura en esa tribu de gigantones y eso confirmaba, sin ninguna duda, que se trataba de su hijo, el bosque no ofrecía más posibilidades y, sin embargo, tuvo el descaro de preguntarle qué quería, que cuál era la idea de aparecer así en la puerta de su cabaña, ¿o acaso voy yo a presentarme en la entrada de sus madrigueras?, preguntó airado, recordando el protocolo al que ellos lo sometían, la vigilancia estrecha que le aplicaban cada vez que necesitaba intercambiar unas palabras con Kwambá. Quiero estar contigo, dijo el muchacho y, sin esperar a que lo invitara, entró en la cabaña, un gesto en el que Tikú vio un pésimo signo, pues indicaba que creía tener ciertos derechos. ¿Y por qué quieres estar conmigo?, preguntó ya sin mucha convicción, porque estaba claro que el muchacho sabía lo que quería. Mi madre dice que tú eres mi padre, declaró con una naturalidad que lo dejó descolocado, y después de decir eso sacó una piel grande, de lince rojo, que llevaba plegada en una bolsa y se la dio, como regalo. Luego el muchacho contempló durante unos instantes el interior de la cabaña, con la melancolía del que mira lo que podría haber sido suyo, y se fue sin decir nada más. Tikú pensó que, con suerte, eso era todo, el muchacho había interactuado con él, sabía de dónde venía, había completado su mapa genealógico y quizá con eso le bastaba para seguir adelante con su vida de hijo del volcán, aunque más tarde ya se había convencido de que aquello era una ingenuidad, la forma en que había contemplado la cabaña antes de irse era una señal inequívoca de que el muchacho no iba a parar hasta que él tuviera a bien integrarlo en su vida.

Años atrás había tenido un encuentro con Nakawé, una hija del volcán desmesuradamente grande que en aquellos tiempos acompañaba a Kwambá en sus rondas por el territorio, unos recorridos más bien nostálgicos que tenían sentido en las épocas en las que los hijos del volcán habían estado amenazados por otras tribus, pero en aquel tiempo, cuando Tikú era todavía un recién llegado, tenían el único objetivo de amedrentarlo, de hacerle ver, una y otra vez, quién mandaba en la parte alta de la sierra. No sabía exactamente qué relación podía haber entre Kwambá y Nakawé, tenían que ser parientes, pues los hijos del volcán llevaban ahí desde tiempos inmemoriales y el incesto era la condición necesaria para la supervivencia de la tribu. Alguna vez le había dicho Kwambá que Nakawé podía distinguir, solo por el sonido que producía al batir sus alas, una calandria de un tordo, una oropéndola de un zanate, un chorlo de un vencejo, podía percibir, desde muy lejos, el ruido que hacía un gavilán al escarbarse las patas con el pico y era capaz de sentir a una persona, a un invasor que estuviera a kilómetros de distancia, porque le olía el aliento desde que ponía un pie en la parte baja de la montaña, y además Nakawé hacía presagios, tenía visiones del porvenir, de las cosas que iban a pasar y al final pasaban, le había dicho Kwambá, y eso que en su momento a Tikú le había parecido una confidencia, un gesto amable y espontáneo que pretendía aligerar la complicada relación que sostenían, ya empezaba a entenderlo como una carnada que le habían tirado y que él, con una lastimosa credulidad, había mordido.

Una noche descubrió que Nakawé lo espiaba por el ventanuco, con la luz de la luna podía ver su rostro enorme y medio cubierto por la greña que le zarandeaba el viento. Estaba echado en el camastro, debajo de las pieles, la veía mirándolo fijamente; se hacía el dormido, no quería problemas con los hijos del volcán, esa mujer tenía que ser la pareja de alguien y a la tribu, suponía él, no le iba a gustar que una de sus mujeres se relacionara con el forastero que había llegado de los pueblos de la selva; pero Nakawé tenía otra perspectiva de la situación, tenía un objetivo rigurosamente establecido, fundamentado en una de sus visiones, en un presagio, como quedaría claro en el futuro, así que, después de un rato, se animó a entrar, abrió la puerta y se desplazó hasta el pie del camastro, con una gracia y una delicadeza que parecían incompatibles con sus dimensiones físicas. Hacía años de todo aquello y a Tikú le llegaba la evocación a trozos, en una especie de sueño fragmentado, Nakawé le quitaba de un tirón las pieles que tenía encima y, luego, sin ningún reparo, empezaba a hurgarle con su mano gigantesca dentro del pantalón. Tikú no tenía ni la fuerza ni la voluntad para resistirse, se sentía como un juguete, tenía miedo y de pronto, cuando la mano le palpaba los testículos, comenzó a tiritar patéticamente frente a esa basta diosa que, sin dejar de contemplarlo desde su altura descomunal, cuando consideró que ya era el momento, se despojó de las pieles que la cubrían de la cintura para abajo, y llenó la atmósfera de un estridente olor a sexo que dejó a Tikú trastornado, no había más luz que la del fuego que ardía en la estufa, y el resplandor viscoso de la luna que entraba por el ventanuco, y a pesar de la penumbra era capaz de evocar vívidamente, después de todos esos años, los detalles de su desnudez, sus piernas largas, su vulva roja sobresaliendo como una cresta de la pelambre oscura y su propia excitación, tremenda e inexplicable porque se moría de miedo, y luego la forma en que ella se le montó a horcajadas y la manera en que le cogió el sexo para metérselo dentro; habían pasado muchos años y Tikú todavía recordaba el olor de su aliento, un aliento vegetal, húmedo, un aliento que provenía del fondo de la tierra, del principio de los tiempos, todo lo iba evocando a trozos a lo largo de los años, a fogonazos, nunca había vuelto a tener ningún encuentro con ella y poco a poco se había ido asentando en él la sensación de que, aquella noche, había sido violado por el bosque.

El coyote detectó que alguien los estaba siguiendo, se paró de golpe y comenzó a gruñirle a un matorral. Tikú se puso en guardia, se acomodó la culata de la escopeta en el hombro; lo primero que pensó fue que Lucio Intriago estaba a punto de dispararle, que Gabino le había contado su sospecha y había descubierto la tumba y estaba ya ahí dispuesto a vengar la muerte de su hermano; apuntó la escopeta hacia donde gruñía el coyote, decidido a dispararle a lo que saliera de detrás del matorral, aunque un instante después ya había concluido que si de verdad hubiera sido el cacique, a él no le habría dado tiempo ni de preparar el arma. Soy yo, balbuceó el muchacho que decía ser su hijo y Tikú, asombrado, reconoció su propio timbre de voz, una voz nasal idéntica a la suya, otra de las evidencias de que llevaba su carga genética. ¿Quién eres?, preguntó Tikú molesto como la vez anterior, haciéndose el despistado. Tu hijo, respondió el muchacho e inmediatamente después salió de entre los matorrales, tembloroso y con el gesto descompuesto por la abierta hostilidad con que lo trataba su padre. El coyote no lo perdía de vista, pero ya no le gruñía, tal vez porque el día anterior lo había visto entrar en su cabaña o quizá, pensó Tikú con auténtica pesadumbre, porque percibía la conexión familiar; el coyote repudiaba a los hijos del volcán de manera muy explícita y a aquel muchacho, que vestía con las mismas pieles y pertenecía a la misma tribu, lo aceptaba con naturalidad.

¿Qué quieres?, preguntó Tikú con ojeriza, porque iba en camino de colocar una trampa y no quería que nadie se enterara de su emplazamiento. ¡Lárgate!, le dijo sin esperar a que le contestara, ¡no puedes estar espiándome!, y añadió, llevado por una rabia irracional, profundamente injusta, espoleado por el fastidio que le producía cualquier alteración de sus costumbres: ¡no quiero volver a verte! Luego llamó al coyote y se pusieron en marcha, ¡vámonos!, le dijo, para hacerle ver al muchacho que su nahual era la única familia que estaba dispuesto a reconocer. ¡No dejé que Kwambá se robara tus conejos!, gritó el muchacho, ¡no lo dejé!, repitió con la voz diluida por el espanto, porque debía estar pensando que en cualquier momento podían soltarle un tiro. ¡Kwambá quería robarte tus conejos y yo no lo dejé!, reiteró el muchacho con un hilo de voz; tenía los brazos cruzados y un gesto de desamparo que se acentuaba con su ropa de hijo del volcán, que le iba demasiado grande; las mismas pieles que en Kwambá, o en Nakawé, ponían a relucir la dimensión de sus cuerpos, en él se veían como si acabara de caerle encima un derrumbe. Tikú sintió compasión, y un poco de culpabilidad por haber atrofiado con sus genes la altura que, por ser hijo de Nakawé, le correspondía, y ese solo instante de empatía fue suficiente para darse cuenta de que el muchacho iba a trastocarle la vida, comprendió que estaba atrapado y que lo más sensato era ceder un poco, no tenía más remedio e incluso podía ser que gracias a su influencia dejaran de robarle los conejos. De cualquier forma, el muchacho estaba al tanto de todo lo que hacía, se dedicaba a seguirlo, a espiarlo, y viendo el caso de manera objetiva, Tikú empezó a considerar que quizá no era mala idea tener un infiltrado en las filas de los hijos del volcán. Gracias por evitar que Kwambá me robara los conejos, dijo Tikú, y ahora tengo que seguir adelante, puedes venir si quieres, añadió con un cambio manifiesto de actitud que sorprendió al muchacho, pero enseguida puntualizó, para no entregarse del todo, para no quedarse completamente al descubierto: si alguna vez vuelve a desaparecerme un conejo, voy a hacerte responsable a ti.

Al día siguiente el muchacho apareció triunfante con un par de conejos, los llevaba cogidos por las orejas, en alto, como si se tratara de un trofeo. Los recogí de las trampas, dijo, lo hice yo antes de que se los llevara un hijo del volcán. ¿Un hijo del volcán?, reviró Tikú, ¿y qué chingados te crees que eres tú?, le dijo con una saña que no venía al caso y enseguida lo lamentó, el muchacho había demostrado tenerle una lealtad que no abundaba en la sierra, ni tampoco en los pueblos de la selva. Esa misma tarde lo vio enfrentarse duramente a Kwambá a causa de otro conejo robado: el viejo había negado su fechoría, pero el muchacho se las arregló para sacarle la presa que llevaba en el morral, con la marca inconfundible de las estacas que usaba Tikú en sus trampas, y a pesar de que era bastante más bajo, y de que Kwambá era el líder histórico de su tribu, había batallado con fiereza y había logrado quedarse con el conejo. Tikú vio el forcejeo desde la distancia y pensó que lo mejor, para evitar un enfrentamiento con los hijos del volcán, era prescindir de la pieza, pero no alcanzó a decir nada porque Kwambá cogió al muchacho por el cuello y comenzó a reclamarle a gritos su actitud, ¿de qué lado estás?, le preguntó después de increparle su infidelidad. Estoy del lado de mi padre, respondió el muchacho, y Kwambá lo soltó inmediatamente; estaba sorprendido por lo que le había dicho, no sabía qué hacer, de tanto gritar se le había quedado en las barbas un espumarajo de saliva; miró al muchacho, luego a Tikú y después bajó la vista para mirarse las manos, como si ahí estuviera la explicación de todo lo que acababa de suceder. ¡Vámonos!, dijo Tikú con firmeza, ignorando el desconcierto de Kwambá; quería acabar pronto con eso y hacerle ver al muchacho que, sin estar todavía seguro de aceptarlo en su vida, apreciaba su gesto. ¡Él no es como nosotros, Twaré, tú eres un hijo del volcán!, gritó Kwambá lastimeramente cuando ya se iban yendo. ¿Twaré?, ¿te llamas Twaré?, le preguntó a su hijo, un poco avergonzado porque hasta ese momento no se le había ocurrido que esa criatura tuviera un nombre.

Después del desencuentro con Kwambá, Twaré se había quedado rondando la cabaña sin saber a dónde ir, había pasado la noche sentado mansamente en una piedra, cerca de la guarida del coyote, y a ratos deambulando sin rumbo pero sin alejarse mucho, matando el tiempo en lo que amanecía para presentarse de nuevo y a ver si lograba abrir un hueco en la tozuda soledad de su padre. Tikú, ya sin ningún sentimiento de contrariedad, lo había visto pasar varias veces como un fantasma frente al ventanuco, el episodio del conejo lo había hecho considerar a su hijo un aliado, y además comenzaba a sentir el deber de aceptarlo después del ríspido altercado con Kwambá.

Cuando amaneció ya había decidido que iba a permitirle a su hijo que se instalara por ahí si quería, no dentro de su cabaña, desde luego, y a dejarlo que ayudara a colocar y a reparar las trampas y también en otros menesteres. Voy a remozar los santos del rumbo norte, le gritó a Twaré, y el muchacho, que dormitaba sentado en la piedra, se incorporó de un salto y, como si no acabaran de interrumpirle despiadadamente el sueño, se acercó lleno de energía y de buen humor a ofrecer su ayuda para lo que su padre quisiera pedirle.

Los santos eran unos talismanes que Tikú colgaba de los árboles y que imponían a los hijos del volcán un tremendo respeto, emanaba de ellos una fuerza que corría por el bosque como un vendaval, una fuerza supersticiosa pero que, a los ojos de la tribu, agitaba las ramas con un vigor decididamente mágico. Al principio Tikú había instalado un santo, era la forma de hacer suyo el territorio, de delimitarlo como lo hacía la Chamana en La Portuguesa, esa mujer vasta y malencarada que nos curaba a todos en la plantación y que para él había sido una especie de madre, una madre ruda, hosca, impetuosa como la misma tierra, y los santos venían, como otras muchas cosas, de la sombra que la Chamana había proyectado sobre la vida de Tikú.

Un santo fue lo primero que instaló cuando era un recién llegado a la montaña que soportaba el acoso metódico y feroz de los hijos del volcán; antes de acondicionar la guarida que había elegido para vivir, antes de pensar siquiera en construirse una cabaña, colgó un monigote para que le sirviera de protección y pronto comprobó su efectividad, los hijos del volcán no eran inmunes a su influjo mágico y dejaron de hacerle perradas en su territorio, esperaban a que estuviera lejos de la zona de influencia del santo para acosarlo, lo cual invitó a Tikú a sembrar de monigotes todo su entorno, las rutas por las que se desplazaba para montar sus trampas y el terraplén donde recopilaba las yerbas y las raíces que necesitaba para sobrevivir. Con el tiempo fueron los mismos hijos del volcán los que empezaron a pedirle que expandiera la zona de influencia de los santos, querían contar también con su protección, Kwambá le salía inopinadamente al paso para decirle que tal sitio estaba desprotegido, o que cerca de tal madriguera o en la entrada de tal sendero faltaba el amparo de un santo, todos querían beneficiarse del viento mágico que emanaba de ellos, temían que por los flancos desasistidos se colaran las fuerzas malignas y, aunque entonces Tikú sentía rencor frente a esos salvajes que al principio lo habían hostilizado sin ninguna piedad, aprovechaba el respeto que imponían los santos para ganarse un lugar en la montaña, se había convertido sin quererlo en el guardián espiritual de las fronteras, y a partir de aquel momento sus vecinos habían dejado de acosarlo, de tirarle piedras cuando lo veían pasar o de arrojarle encima animales descuartizados. Fue precisamente en esa época de ascenso social en la jerarquía de la montaña cuando Nakawé, llamada por la importancia que empezaba a cobrar Tikú, irrumpió violentamente en la cabaña y consiguió lo que iba buscando, un nexo permanente con ese extranjero que había llegado de los pueblos de la selva, porque gracias a los presagios y a las visiones que tenía del porvenir, de las cosas que iban a pasar y al final pasaban, ya sabía en lo que iba a convertirse Tikú y quería ese hijo para asegurarse, en el futuro, un lugar en su círculo íntimo.

Los santos que le había enseñado a confeccionar la Chamana eran unos rostros grandes y ovalados que Tikú había aprendido a hacer con gran maestría, desde que era niño, con varas de mangle curvadas y atadas unas con otras, eran rostros con ojos profundos, narices chatas y bocas muy abiertas por donde silbaba el aire cuando entraban los vientos del norte; estaban pintados de blanco y rojo, los colores del dios Hutzilopochtli, o de blanco y azul, los del dios Tláloc, y tenían una baya colgada de la barba que hacía ruido de sonaja cuando algo los agitaba, no solo el viento, también las aves o algún macaco distraído que terminaba en el bosque, y sobre todo los espíritus dañinos que se estrellaban ruidosamente contra su poder. A lo largo del tiempo había ido construyendo un perímetro que no dejaba ningún resquicio por el que pudieran colarse los espíritus, y se había negado siempre a la reiterada petición de Kwambá de que les enseñara a él y a otros hijos del volcán a confeccionar santos: no quería dejar de ser imprescindible, su especialidad lo mantenía a salvo de las bellaquerías y las vilezas que durante los primeros meses le había dedicado la tribu. Los hijos del volcán eran capaces de alterar su ruta con tal de pasar debajo de un árbol que tuviera colgado el santo, y luego salían del otro lado de la rama protegidos pero también ungidos de una antigua dignidad; los santos eran el escudo, la custodia, la ilusión que los hacía sentirse dentro de una fortaleza, por eso era tan importante la solemne invitación para ir a remozar a los santos del rumbo norte, era un gesto que dejó a Twaré muy sorprendido: su padre, que el día anterior no quería ni verlo, lo invitaba a ser parte de la administración de ese misterioso perímetro mágico que, desde que él tenía memoria, mantenía a raya a las fuerzas oscuras de la montaña.

La única vez que Tikú había visto a Medel fue el día en que lo mató, pero sabía de su existencia desde siempre, sabía que era hijo de Pascual Intriago, el dueño de la lechería, el español adinerado de San Juan el Alto, el más poderoso de todos antes de que llegaran los zetas y el cartel de Metlac a poner su autoridad en entredicho. Medel era el hijo tonto que nunca salía de la lechería, en cambio Lucio ya se veía que iba a ser el relevo de su padre; desde joven andaba en el pueblo azuzando a las muchachas y subordinando a todo aquel que quisiera hacerle sombra. Lucio Intriago era cosa seria; cuando Tikú vivía en San Juan el Alto, se hablaba todo el tiempo de su maldad y una vez le había tocado ver lo que le hizo a un hombre que dizque andaba tirándole los perros a su mujer, un tal Aurelio, el dueño de la Sala Philips.

Aurelio viajaba a Orizaba y a Córdoba y al puerto de Veracruz para comprar la mercancía que después vendía en su negocio, a todo el pueblo y también a la mujer de Lucio, de ahí venía el malentendido, del exceso de mimo con que le había presentado a la mujer del cacique una licuadora, una olla exprés, un radio de pilas, y de la forma en que la mujer debía haberle contado a Lucio su incursión en la Sala Philips. La verdad era que el cacique no necesitaba muchas evidencias para matar a alguien, no necesitaba más que la ocurrencia de hacerlo, le iba bien producir cíclicamente un cadáver, recordar al pueblo quién mandaba ahí, con una muerte de esas ambiguas cuya autoría quedaba clara pero que nadie se atrevía a adjudicarle. Cada cadáver de Lucio era un muerto útil, como ese que ofrecían los antiguos moradores de la sierra para que no dejara de salir el sol cada mañana, y el cadáver de Aurelio le había servido al cacique por partida doble, para advertirle a los hombres del pueblo que no se atrevieran a acercarse a su mujer, y para dejarle claro a su mujer que no iba a tolerarle ni el más mínimo coqueteo, ni siquiera a la hora de comprar una licuadora o una olla exprés.

El día que Tikú vio lo que le habían hecho al desventurado dueño de la Sala Philips, entendió que no era pura leyenda lo que decían del cacique. Tiene que ir a ver lo que hizo Lucio Intriago al señor Aurelio, le dijeron sus alumnos, y él fue, como fueron yendo todos a asomarse, cada uno a sus horas, cada quien a regocijarse de que aquella atrocidad le había sucedido a otro, y a sentir el vértigo de que eso podía pasarle a cualquiera que encontrara al cacique con el humor cruzado. El pobre Aurelio estaba a no más de veinte metros de la entrada de la lechería, fuera de la propiedad pero no muy lejos, para que no cupieran dudas de quién había sido el autor de aquel ultraje; todos lo sabían pero nadie iba a atreverse a denunciarlo, en otra circunstancia hubiera podido pensarse que alguien había puesto ahí el cadáver para comprometer a los Intriago, pero no en esa, la autoría quedaba clara, la mala voluntad con la que lo habían liquidado y el escarmiento que pretendían dar con aquel espectáculo no admitían otra interpretación. Tikú se había acercado al árbol en el que estaba el cuerpo de Aurelio, con los brazos atados por detrás del tronco, como un cristo con la cabeza caída; estaba lo que quedaba de él, porque a lo largo del día los monos habían ido bajando, primero uno por uno, a robarle el sombrero, el cinturón, una bota, y Aurelio debía haber tratado de defenderse, como había podido, porque estaba atado, se habría defendido a patadas, a gritos, a mordidas y escupitajos, mientras los macacos iban paulatinamente agarrando confianza, bajando de lo alto del árbol en grupos cada vez más numerosos, cada vez más estimulados por la proximidad de la carne, de la sangre del pobre Aurelio. Primero le habrían desgarrado la ropa, pedazos de camisa, trozos del pantalón, y después, a juzgar por el despojo que se encontró amarrado al árbol, debían haber comenzado a hincarle los dientes en la piel, a desgarrarlo, a sacarle tiras completas del pecho, de los brazos, de los muslos y del sexo, con especial inquina pues ahí había ya un agujero cuando él llegó, no había nada ya, un hoyo, un vacío, una oquedad que se extendía hacia arriba, un pozo en el que todavía medraban los monos. Aurelio llevaría tres horas muerto y ya era un amasijo irreconocible, a la cabeza que colgaba sobre el pecho ya solo le quedaban unos mechones de pelo y de la cara no podía distinguirse nada: era una mancha oscura, una estrella muerta de esas que absorben toda la luz. Le había dado tanta pena verlo así, que se acercó a espantarle los monos con el sombrero y luego, en un gesto que le servía más a él que al muerto, se lo puso en la cara para ocultar la destrucción.

Parecía raro, la verdad, que el cacique, siendo tan vengativo y rapaz, hubiera tolerado que su hermano embarazara a su hija soltera, pero pensando desde el retorcimiento que le era propio, probablemente aquella situación le ahorraba, de una buena vez, el suplicio de verla en edad de merecer pavoneándose frente a los gandules del pueblo. Desde que había matado a Medel, Tikú esperaba todo el tiempo, con una creciente ansiedad, la aparición de Lucio Intriago; lo imaginaba llegando hasta lo alto de la sierra para impartir esa justicia bestial que cada tanto le gustaba exhibir, para producir otro de esos muertos útiles que le servían para refrendar su autoridad y engordar su leyenda frente al ejército y a los dos ramales del narco, los zetas y el cartel de Metlac, instituciones que a pesar de su palmaria superioridad no se metían nunca con el cacique, y él aprovechaba esa situación para alardear en San Juan de la altura que tenía su poderío. Pero en La Portuguesa nosotros sabíamos, porque él mismo nos lo había dicho, que el narco y el ejército, que en realidad eran tentáculos del mismo poder, le habían puesto unos límites que él no pensaba traspasar, Lucio era un hijo de puta pero no era tonto. Si el cacique llegaba a localizar el cadáver de Medel, iba a desplegar a sus hombres y a sembrar una masacre en los alrededores de la tumba, arrasaría con Tikú y con todo lo que se moviera por ahí, siempre que lograran llegar hasta arriba de la sierra, cosa que no era fácil pues había que encontrarle la vuelta al espinazo y hallar la manera de avanzar sin despeñarse por la saliente del desfiladero, que era una tirita de piedra en la que apenas cabía el pie; y con la otra ruta no iban a dar, a menos que se pasaran, como él, media vida escudriñando el territorio.

Tikú se asomaba cada día desde la cornisa de la montaña para comprobar que los hombres de Lucio no estaban armando revuelo en la zona donde había cavado la tumba, era lo más que podía hacer y luego se iba a cumplir con las rutinas que mantenían sus días en movimiento, a recolectar yerbas y raíces, a juntar leña, a recolocar los bidones de agua debajo de los palostres y a revisar solamente las trampas que le tocaban, porque ya hacía unos días que Twaré se ocupaba de las más lejanas; desde que lo había invitado a remozar al santo, el hijo había empezado a habitar el reino de su padre.

Dos semanas después del asesinato, cuando ya la primavera comenzaba a instalarse en la montaña, el cadáver de Medel Intriago se le había convertido en una obsesión; le había cavado una buena tumba, honda y vertical, pero de todas formas le preocupaba que a causa del deshielo algún animal lo desenterrara, cualquiera de los depredadores que recorrían impacientes la sierra en busca de algo que comer, después de los largos meses de invierno. Aprovechó que Twaré estaba revisando las trampas que le tocaban para ir a husmear de cerca el enterramiento, no quería que transluciera la ansiedad que le producía últimamente la parte baja de la montaña, porque iba a tener que revelarle a su hijo el asesinato e inevitablemente tendría que contarle que a veces le hablaba la voz de adentro y que era esa misma voz la que lo había orillado a matar, y en ese momento no veía cómo podía explicar todo aquello sin que el muchacho y los hijos del volcán pensaran que estaba loco, y terminaran desterrándolo de la montaña; ya encontraría el tiempo y los argumentos para decirlo con propiedad, tenía que hacerlo antes de que apareciera el cacique, tenía que prevenir a su hijo del peligro que corrían.

Ese día ya no le bastaba con lo que alcanzaba a ver desde la cornisa; quería observar los detalles del lugar, comprobar que la tumba seguía intacta, que nadie había removido la tierra. Desde arriba todo parecía en calma pero estaba demasiado lejos para apreciar las minucias, así que empezó a bajar la montaña con un mal pálpito, que se fue acrecentando a medida que se acercaba al sitio que lo tenía obsesionado. Iba bajando delante de su nahual y al pasar por una zona donde abundaban los arbustos chaparros y los jahuiques, una masa de serpientes salió huyendo montaña abajo, marcando en la hierba un grueso siseo que puso en alerta al coyote, levantó las orejas y se detuvo de golpe con el lomo erizado, pero enseguida desestimó el peligro: las serpientes huían de su amo como lo hacían de los felinos grandes y de los otobúes, le veían la voz de adentro como si fuera una luz.

Antes de llegar a la tumba Tikú advirtió, con un temor que rápidamente se convirtió en espanto, que alguien había estado ahí, ya de cerca se veía la maleza trajinada y eso lo hizo pensar que toda aquella angustia de los últimos días, ese mal pálpito que lo había acompañado durante el descenso, no había sido pura imaginación sino un vaticinio de lo que de verdad iba a suceder; se agazapó con los ojos bien abiertos y el dedo puesto en el gatillo de la escopeta; si alguien seguía ahí queriendo sorprender al asesino, él ya estaba preparado para acribillarlo. Pronto comprobó que las huellas llevaban algunas horas ahí, dos, seis quizá, y eso lo dejaba frente a su enemigo en una escalofriante desventaja. Caminó hasta la tumba y vio lo que no quería ver, lo que no podía verse desde su punto de observación en la montaña; habían desenterrado el cadáver de Medel y el agujero vacío le ocasionó un mareo que lo llevó a sentarse en una piedra, a tratar de sosegarse mientras calculaba precipitadamente sus posibilidades, que en esa situación se reducían a huir de ahí, a una de las montañas que estaban del otro lado del volcán, para siempre o hasta que se cansaran de buscar o encontraran a alguien que les cuadrara como el asesino. Muy pronto comenzarían a aparecer en sus dominios los hombres de la lechería, Lucio debía estar al tanto de la zona que había elegido Medel para purgar su penitencia, por eso habrían logrado dar con el enterramiento. Tikú estaba sentado en la piedra cavilando eso, todavía mareado a la orilla de la tumba abierta, intentando concebir un plan, cuando Gabino salió de detrás de una ceiba, lo encañonó con el rifle y le dijo, así te quería agarrar, pinche animal, ya sospechaba que eras tú el asesino. Gabino y sus hombres habían dado con la tumba y cuando iban bajando hacia San Juan cargando el cadáver destrozado y ya medio putrefacto de Medel, les dijo que siguieran adelante, que él iba a regresar porque tenía el presentimiento de que iba a encontrarse al asesino rondando por ahí, así era Gabino, se guiaba por presentimientos que casi siempre eran certeros, un talento que había heredado de su madre que era la bruja del pueblo de Comatlán. Tikú comenzó a descender con la punta del rifle de Gabino clavada en la espalda y el coyote a su lado, nervioso, caminando muy cerca de él. Ahora sí te va a llevar la chingada, le iba diciendo Gabino, ya verás lo que va a hacerte don Lucio en cuanto sepa que fuiste tú, pinche animal, le decía casi contento, casi risueño cuando el coyote se le cruzó por delante y lo hizo dar un traspiés que Tikú aprovechó para escabullirse entre la maleza; Gabino, furioso porque su prisionero se había desvanecido ante sus ojos, soltó una patada que el coyote logró esquivar y disparó tres o cuatro tiros a la selva, hacia el punto por el que había visto que Tikú se escabullía.

El coyote lo estaba esperando ahí donde los primeros árboles del bosque impedían que la selva se siguiera encaramando hacia la cima. Había pasado varias horas escondido, esperando a que Gabino regresara resignado a San Juan el Alto, a contarle a Lucio Intriago que ya había encontrado al asesino de Medel, que ya sabía por dónde se ocultaba, que podían ir a vengar a su hermano mañana mismo. Ahora sí soy hombre muerto iba pensando Tikú, empezaba a oscurecer y en los ojos amarillos del coyote relumbraba el último resplandor del sol, por eso, por la forma en que sus ojos reflejaban la luz, supo que su nahual miraba exactamente al sitio por el que apareció y eso quería decir, sin duda, que todo el tiempo lo estaba protegiendo, lo cual, en ese momento de incertidumbre, parecía un consuelo, era un hombre muerto pero tenía un nahual que velaba por él y eso tenía que servir para algo. Cuando entró al bosque Tikú pasó por debajo del santo que colgaba de un árbol, la brisa que medraba entre las ramas le insuflaba al talismán una vivacidad que lo hizo sentirse a salvo, creía que mientras estuviera dentro del perímetro de los santos no podía pasarle nada malo, se trataba de una impresión pasajera que pronto quedaría en entredicho ante la evidencia de todo lo malo que se arremolinaba en torno a su persona, ya era un hombre muerto y lo sabía, pero el santo y su nahual lo invitaban a pensar que no todo estaba perdido.

Twaré esperaba ansioso en la puerta de la cabaña, estaba preocupado porque Tikú había desaparecido sin decirle nada y en cuanto lo vio llegar se levantó ágilmente y caminó hacia él con una gran sonrisa de niño. No sabía dónde estabas, tendría que haber ido contigo, le dijo, estaba preocupado, no estás bien de la pierna. Fui a buscar nuevos lugares para colocar nuestras trampas, le respondió Tikú, las que tenemos están ya muy vistas, convendría tener unas cuantas en otro sitio, y añadió, no tienes que preocuparte por mí, ¿cómo crees que me las he arreglado solo todos estos años? El muchacho sonrió, era ingenuo y salvaje como todos los hijos del volcán y además Tikú era su padre y todo lo que le decía tenía para él una importancia especial. Cenaron en silencio, el recuerdo de la zacapela con Gabino, de las palabras y de los tiros que le había dedicado, tenían a Tikú de un humor plomizo, el modesto sosiego que había encontrado en el santo y en el nahual había desaparecido y además empezaba a surgir con fuerza en su memoria la imagen del cuerpo mutilado de Medel Intriago, que hasta ese momento había estado sepultada, quizá porque el miedo a la venganza de Lucio lo ocupaba todo, quizá porque no era el primer muerto con el que lidiaba Tikú. Durante la noche las imágenes del cuerpo sin cabeza de Medel lo tuvieron al borde del delirio, la sangre que salía de la tienda y fundía la nieve para reintegrarse a la tierra lo hacía imaginar que aquel plasma terminaría repartido por la selva, lo veía ascendiendo por los troncos, expandiéndose por las ramas de los árboles, perpetuándose ahí como un espectro nefasto y vibrante; vio con toda claridad que la sangre derramada servía para mantener vivo al mundo, en órbita al sol y al cosmos en el orden desde siempre establecido; en medio de su delirio, acentuado por la fiebre que le producía la herida de la pierna y que lo hacía tiritar violentamente, Tikú discurría ya como un hombre primitivo, trataba de encuadrar de forma mística su acto monstruoso, intentaba darle un sentido a aquel asesinato y al empeño que tenía la voz de adentro en orillarlo a hacer cosas que lo iban arrinconando en el sitio que empezaba a ocupar, el de las fieras que recorrían la sierra en busca de un cuerpo al cual depredar, y todo aquello que lo atormentaba confluía en el inminente enfrentamiento con Lucio Intriago, ese era el siguiente cuerpo que iba a depredar, todo estaba claro y bien establecido, había que ajustarse a los usos de la montaña, donde mataba el más fuerte y moría el menos dotado, y en medio de aquel delirio espumado por la fiebre, se quedó dormido.

Al día siguiente Tikú tuvo que hacer un esfuerzo importante para abandonar el camastro, no era fácil de digerir lo que le había pasado durante los últimos días; en el enfrentamiento con Lucio Intriago él no era desde luego el más fuerte y ya se daba por muerto, pero no quería hundirse todavía, no así, pensaba que quizá aún podría sostener la última batalla, como se lo sugerían el nahual y todos los santos que colgaban de los árboles. Calentaba un caldo cuando Twaré se asomó por la puerta y le dijo, Kwambá quiere hablar contigo. ¿Sobre qué?, preguntó Tikú, aunque ya tenía una idea de lo que iba a decirle el hijo del volcán. Kwambá estaba ahí mismo, detrás del muchacho, asomaba su enorme cabeza por la puerta de la cabaña y enseguida intervino, contó que había visto a unos hombres armados que iban siguiendo el rastro de alguien, lo dijo con un pesar que le descomponía el gesto, porque los hijos del volcán ya habían tenido algunos encuentros con la autoridad, los acusaban de algo que al final nunca podían comprobar y, después de asediarlos varias semanas, los dejaban en paz. No era fácil llegar hasta la parte baja de la montaña; una vez sorteados los desaguaderos del volcán, que cruzaban la sierra de arriba abajo, seguía una cuesta que había que recorrer andando porque ahí no entraban los caballos; las personas que llegaban iban buscando un paraje que estuviera lejos de todo, y esa condición volvía peligroso aquel territorio, que con cierta frecuencia era transitado por maleantes y forajidos. Una vez se instaló ahí un grupo de muchachos, una camarilla numerosa que puso nerviosos a los hijos del volcán; Kwambá había ido a hablar con Tikú, como lo había hecho otras veces en ocasiones parecidas, porque la gente que se instalaba en ese paraje era como un episodio meteorológico, empezaban a llegar puntualmente al final de la primavera y desaparecían al final del otoño, cuando comenzaba a apretar el frío, todos excepto Medel Intriago, que había llegado al final del invierno siguiendo la penitencia que le había impuesto el cura. Kwambá se había quejado de las incursiones, montaña arriba, de aquellos muchachos porque en cualquier momento, decía, iban a encontrarse con una de sus madrigueras, pero Tikú discrepaba: era muy difícil llegar hasta donde estaban, en todos esos años ningún forastero había aparecido nunca por ahí y no veía cómo entonces, le dijo aquella vez Tikú a Kwambá, pudiera llegar ese grupo de muchachos que, como habían podido observar, solo estaban vacilando en el bosque sin más propósito que divertirse. Pero por alguna razón el hijo del volcán veía a su tribu en peligro y estaba decidido a amedrentarlos, a hacer que se fueran de ahí como habían hecho toda la vida con la gente a la que percibían como una amenaza, les bastaba aparecerse en el campamento con sus greñas y sus pieles y su tamaño descomunal para que los invasores salieran huyendo, pero había otros, según se decía en los pueblos de la selva, que resistían esa aparición y entonces los hijos del volcán tomaban medidas, pasaban a la acción y echaban mano de sus armas para erradicarlos. Tikú siempre había optado por no enterarse de lo que hacían, no iba a meterse en sus asuntos ni tampoco le preocupaba la suerte de la gente que llegaba a instalarse en la parte baja de la montaña; haz lo que tengas que hacer, le había dicho a Kwambá aquella vez, y esa había sido toda su participación, nunca supo bien qué sucedió al final, pero el caso es que los muchachos se fueron, seguramente se habían echado a correr atemorizados por esa horda de brutos; eso era lo que él pensaba, pero en San Juan el Alto se decía otra cosa, se hablaba de la desaparición de los muchachos, del crimen de los muchachos, de la masacre de los muchachos, se hablaba de la forma en que los hijos del volcán habían irrumpido en el campamento con sus hachas, sus machetes y sus cuchillos, se contaban escenas sangrientas y, al margen de que fuera verdad todo lo que se dijo entonces, durante varios días estuvieron viendo el trasiego de hombres armados por el territorio, agentes que buscaban pistas o trataban de dar con las madrigueras de los hijos del volcán para atrapar a alguno, y llevarlo al pueblo para que la gente tuviera a quién hacer responsable de aquella matanza. Tikú nunca supo qué había pasado con esos muchachos, y tampoco le preguntó a Kwambá si era verdad lo que se decía en San Juan, no era su asunto y, unos días más tarde, los hombres armados ya se habían cansado de sus pesquisas infructuosas y se habían replegado hacia la selva.

No sé qué hacen esos hombres aquí, dijo Kwambá angustiado, nosotros no hemos hecho nada. Yo tampoco he hecho nada, dijo Tikú con firmeza, quizá se trata de una ronda que acaban de implementar, quizá a partir de ahora mandarán gente a vigilar la zona, dijo, debe ser la ocurrencia de algún funcionario nuevo, querrán asegurarse de que todo está bien por aquí, de que no estamos organizando una revolución, apuntó. A Kwambá no le hizo gracia el comentario, se le quedó mirando fijamente, esperaba que le dijera algo claro y rotundo para irlo a transmitir a su tribu, donde ya debía reinar el desconcierto. No te preocupes, le dijo Tikú, no va a pasar nada, comprobarán que el bosque está en calma y después se irán y no volverán hasta dentro de muchos años, añadió para que se fuera ya el hijo del volcán. Tikú no tenía ninguna duda de que esos hombres eran los esbirros de Lucio Intriago que lo estaban buscando a él, ni siquiera necesitaba verlos para saber que eran ellos, Kwambá los había divisado a lo lejos, en la falda de la montaña, no sabía cuánto podían tardar en llegar, dos días, o cinco dependiendo del momento en que encontraran la vereda del espinazo, y mientras tanto irían revisándolo todo meticulosamente, la sierra era enorme y estaba llena de vericuetos pero, conociendo el empecinamiento de Lucio, no tenía ninguna duda de que tarde o temprano acabarían dando con él.

Los hijos del volcán vivían ahí desde el principio de los tiempos, eso decían exagerando en los pueblos de la selva, las madrigueras estaban asentadas de manera irregular, fuera de la ley, igual que lo estaba su cabaña, no tenían documentos que comprobaran que aquello era suyo, pero Tikú sabía que, en caso de que la autoridad quisiera algún día echarlos de ahí, podían demostrar que llevaban mucho tiempo ocupando esas tierras y eso, con suerte, les daría el derecho de permanecer en ellas; pero Kwambá no entendía eso, ya alguna vez se lo había tratado de explicar y no había manera de tranquilizarlo, el precario estado legal de sus viviendas era su máxima preocupación, su pesadilla, y con este asociaba la presencia de los hombres armados; creía que se trataba de un lío administrativo, y no que habían llegado hasta la falda de la montaña llamados por el asesinato de Tikú.

Al final Kwambá se fue, poco convencido, por más que le dijo y le repitió que no se preocupara, que esos hombres difícilmente llegarían hasta ahí, se fue cabizbajo y acongojado con todo y que le aseguró que estaban juntos en eso, que enfrentarían codo con codo cualquier cosa que surgiera de la visita de aquellos individuos sospechosos, si es que lo eran, porque a lo mejor eran tramperos de los de toda la vida, le dijo al final, en un intento inútil para que se fuera más tranquilo; no podía decirle lo único que de verdad lo hubiera tranquilizado: no te preocupes, vienen por mí, he matado a una persona y están buscando al asesino, que soy yo, no tú, vete en paz con tu gente que no va a pasarles nada, el hombre muerto soy yo.

Kwambá se fue y el muchacho se internó en el bosque para atender las trampas que le tocaban; confiaba plenamente en lo que acababa de decir su padre y le parecía inexplicable, incluso absurdo, el recelo de Kwambá. Tikú también se fue a hacer sus cosas, tratando de sobreponerse al desasosiego que le producía la noticia de que su verdugo se aproximaba. Lucio Intriago y sus hombres, entre los que seguramente iba Gabino, tardarían días en llegar y ya tendría tiempo de asomarse a vigilar el ascenso de sus asesinos; pasó la tarde revisando las trampas que le tocaban, pero al final no resistió la tentación de bajar a la cornisa, al punto desde donde se podía observar la falda de la montaña. Estuvo ahí una hora y no pudo verlos, la sierra era inexpugnable, se pasaba de un escarpe a otro dentro de un laberinto de senderos que generalmente no llevaban a ningún lado, por eso la célula guerrillera de Abigail Luna, un grupo armado en el que Tikú cuando era joven había estado a punto de enrolarse, había resistido décadas ahí adentro sin que nadie pudiera localizarla.

Tikú sabía que tenía los días contados, pero también era verdad que no estaba muerto todavía, tenía la ventaja de que Lucio y sus hombres no sabían exactamente dónde buscarlo, y era muy probable que tardaran en decidirse a rastrear la cumbre, así que para empezar lo buscarían por las faldas, seguirían por el cauce del río, por los desaguaderos y los caminos vecinales que desembocaban en villorrios, en rancherías, en casuchas donde podían hacer preguntas, donde podían amenazar y ejercer la violencia y, con un poco de suerte, encontrar otro culpable que los dejara satisfechos, otro zarrapastroso parecido a Tikú.

Cuando regresó, Kwambá lo estaba esperando en la puerta de la cabaña, vigilado celosamente por Twaré, que no estaba dispuesto a permitir que el viejo se metiera a hurgar, a esculcar, a robarle algo a su padre ahora que ya no podía echar mano de las liebres y los conejos. Vengo de la cornisa y no he visto nada, dijo Tikú, a lo mejor ya se cansaron de buscar y se fueron, añadió convencido de que Lucio no iba a parar hasta que diera con él. Kwambá se encogió de hombros, como si no estuviera esperándolo ahí con una ansiedad palmaria justamente por esa razón. Tikú se sentó en el camastro y se alzó la pernera para aplicarse un puño de emplaste en la herida, tenía mal aspecto, parecía infectada; no aguanto la pierna, dijo a los hijos del volcán que no dejaban de contemplarlo, uno encandilado con cualquier movimiento que hiciera y el otro tratando de vislumbrar la salvación en cada uno de sus gestos.

Esa noche estaba con Twaré sentado a la mesa, cada uno bebiendo en silencio su caldo, cuando le habló otra vez la voz de adentro: Lucio Intriago va a venir a matarte, hazte ayudar por los hijos del volcán, no puedes distraerte, tienes que organizarlos para que te protejan y luego matarlo antes de que él te mate a ti. Se quedó inmóvil mientras la voz le hablaba; levantó la vista del cuenco y vio que Twaré bebía tranquilamente su caldo y, cuando pensaba que quizá lo mejor fuera salir solo a la intemperie para no tener que resistir las siguientes acometidas enfrente de su hijo, volvió a hablarle la voz, a explicarle de manera muy convincente lo que tenía que hacer, mientras Tikú miraba sin parpadear el caldo que le quedaba en el fondo del cuenco, concentrado en esa voz que ya era parte de su propio pensamiento. ¿Te pasa algo?, le preguntó Twaré. ¿No oyes la voz que me está hablando?, preguntó Tikú, a sabiendas de que su hijo no había oído nada pero con la intención de empezar por ahí, por la voz de adentro, la explicación que quería darle, no podía revelar el asesinato sin responsabilizar a la voz; ese muerto no era culpa suya, tenía que contarle a alguien lo que de verdad estaba sucediendo antes de que llegaran Lucio Intriago y sus hombres, no podía defenderse solo y era claro que, para convencer a los hijos del volcán de que lo ayudaran, no tenía mejor aliado que Twaré. El muchacho lo miró asombrado, ¿qué voz?, no oigo a nadie más que a ti, dijo disculpándose, pero al momento recapacitó, se levantó tan abruptamente que golpeó la mesa con la rodilla y volcó los cuencos de sopa con tal violencia que fueron a dar al suelo; con los ojos tocados por un súbito brillo infantil, dijo: Nakawé tiene razón. Tikú no sabía cómo interpretar el arrebato de su hijo que, al tiempo que le dedicaba una mirada llena de fervor y, como si por fin acabara de ver eso que llevaba demasiado tiempo en la penumbra, dijo: solo hay uno que puede hablar con el espíritu del volcán, y luego, en lo que una gruesa lágrima le escurría lentamente hasta desaparecerle entre las barbas, añadió: Nakawé tiene razón, solo hay uno y tú eres él.

Y aquí vamos a quedarnos
por los siglos de los siglos

La Portuguesa estaba rodeada de pueblos hostiles. Aparecían de pronto, siempre de noche, seis u ocho individuos que robaban gallinas, costales de café, herramientas, tambos de gasolina. Y una noche robaron la podadora. ¿Y para qué quieren la podadora estos que viven en casa de Judas, donde no hay ni pasto?, preguntaba doña Julia, la criada que los había visto llevarse la máquina a media noche, silenciosos y agazapados y, a pesar de lo grandes que eran, ágiles como las panteras, había exagerado doña Julia. Los hijos del volcán nos robaban todo el tiempo pero yo nunca los había visto, las cosas que se llevaban eran la única prueba de su existencia, en cambio las criadas, los peones y los jornaleros decían que sí los habían visto, que eran enormes, que iban cubiertos de pieles de animal, que vivían en lo alto de la Sierra Madre, decían, aunque había otros que aseguraban que tenían sus casas en la selva. ¿Y por qué se llaman los hijos del volcán, si viven en la selva?, había preguntado yo alguna vez para hacerles ver lo arbitraria que parecía esa información. Los hijos del volcán no eran propiamente nuestros enemigos y es probable que ni desearan nuestra desgracia, ni tampoco hacernos daño; cuando menos no ese daño que nos hacía sistemáticamente el alcalde, porque le había echado el ojo a nuestras tierras y quería quedarse con ellas, quería cansarnos con sus maniobras indecentes: nos mandaba inspectores, nos ponía multas absurdas e impuestos que se inventaba para sacarnos el dinero, quería que un día le dijéramos que no podíamos más, que le vendíamos la plantación, pero eso no iba a suceder; La Portuguesa había sobrevivido ya a una legión de alcaldes corruptos que no paraban de hostilizarnos y a ese también íbamos a sobrevivirlo. A mí me quedaba claro que los hijos del volcán robaban por necesidad, robaban las gallinas para comérselas y la gasolina para venderla y sacar unos pesos; eso me parecía a mí, pero la opinión de los demás era muy distinta, creían que esa tribu era enemiga de los pueblos de la selva desde el principio de los tiempos. Lo único que se sabía de los hijos del volcán era que vivían aislados, pero nadie sabía muy bien dónde, tolerábamos sus robos por ser el mal menor, pensábamos que más valía perder unas cuantas gallinas si eso nos evitaba otro tipo de enfrentamientos, porque, según decían los otomíes, los hijos del volcán eran un pueblo salvaje al que se le conocían verdaderas atrocidades, como quemar rancherías e, incluso, una iglesia en Tomatlán, aunque aquello nunca había quedado demasiado claro; lo único que quedaba claro es que con nosotros no se comportaban como una tribu salvaje y uno debe actuar por lo que percibe, no por lo que la gente anda diciendo. Aun cuando no había evidencias reales de su peligrosidad, el caporal y los jornaleros compartían un sentimiento general frente a los hijos del volcán: decían que había que combatirlos, que había que dispararles cuando los viéramos llevándose una gallina, o incluso desde que alguien los sorprendiera espiándonos, y la Chamana, que también consideraba que nuestra reacción ante las agresiones de esa tribu era demasiado tibia, había colocado una nueva camada de santos alrededor de la plantación que, según decía muy oronda, muy confiada en sus poderes, los ahuyentaría; pero lo cierto es que a pesar del despliegue de santos que implementó, los hijos del volcán seguían robándonos cosas. Tampoco faltaban los que decían que no eran humanos, que eran una tribu de espíritus y que además de hablar como los pájaros las mujeres ponían huevos. Y si ponen huevos, ¿para qué se roban nuestras gallinas?, pregunté una vez a la Chamana, por hacer un chiste que distendiera la situación, pero ella se me quedó mirando con mucha inquina antes de decirme: si serás pendejo.

Los hijos del volcán eran la encarnación del mal en los pueblos de la selva, eran la personificación de un miedo atávico, representaban el temor que sienten los individuos de cualquier comunidad a ser invadidos, a ser despojados de sus tierras y de sus pertenencias, a ser asesinados en masa por una tribu que actúa fuera del código elemental de convivencia.

Toleramos un montón de robos, más o menos inofensivos, hasta que una noche se llevaron dos vacas, y papá y yo pensamos que consentir aquello era ya demasiado y que, si no hacíamos algo, iban a terminar quemándonos la casa, así que al día siguiente salí a buscarlos. Todos coincidían en que había que caminar hacia el volcán; en dos o tres horas, a lo mucho, te los vas a encontrar, me dijo la Chamana con una seguridad que me animó a hacer el viaje; tenía que ir andando, no había más forma de alcanzar el sitio donde supuestamente vivían los hijos del volcán, no había brechas para meter la camioneta, todo era maraña verdosa y selva furibunda y con el caballo podría hacer una parte de la ruta pero después, cuando hubiera que abrirse paso con el machete, tendría que dejarlo ahí, a merced de los hijos del volcán, o de los guerrilleros, o de los cuatreros que tampoco faltaban y valiente negocio. Hice el trayecto hasta el final de la plantación en la camioneta, acompañado por dos pistoleros que me asignó el caporal, y de ahí comenzamos a caminar a punta de machete hacia el volcán, en silencio porque queríamos sorprenderlos, y no era difícil que anduvieran por ahí rondando, viendo cómo le hacían para robarnos otras vacas. Los pistoleros iban muy serios, habíamos intercambiado algunas palabras en la camioneta, las suficientes para que yo me diera cuenta de que el encargo no les hacía ninguna gracia, pues una cosa era vigilar los límites de la plantación, y otra muy distinta internarse en la jungla y avanzar expuestos por los cuatro costados, para recuperar dos vacas del patrón. Además, uno de ellos era Tikú, el hijo del caporal, el caporalito, como le decían algunos. Tikú estudiaba para ser maestro en la Escuela Normal, vivía en La Portuguesa, pero al margen de las faenas de la plantación, y su padre me lo enviaba con el otro pistolero para que se le quitara lo jotito, así lo dijo cuando le pedí una explicación. ¿Cómo que lo jotito?, le pregunté, y él me respondió que el patrón, o sea papá, consentía demasiado a su hijo y que eso no le hacía ningún bien, que tenía que ponerse a trabajar como todos los demás, no a estudiar para luego de todas formas acabar de caporal. De caporal como tú, le dije, y él se me quedó mirando de un modo que entendí como una invitación a cambiar de tema. Todo lo que hacían los pistoleros era seguirme por el camino que iba improvisando con el machete, tratando de no perder el rumbo, que a veces tenía que comprobar encaramándome a una rama para buscar la silueta del volcán. Dentro de la selva reinaban la penumbra y la humedad, había pasos que daba sin ver dónde ponía las botas y los tajos del machete los iba haciendo al tanteo, cortaba de un golpe la maleza que estorbaba, cortaba nada más lo suficiente para que me cupiera el cuerpo, y detrás de mí se escurrían Tikú y el otro, un tal Miguelón con el que ya alguna vez había tenido alguna trifulca a propósito de su método para apilar los sacos de café, en un desorden que podía provocar que la pila se viniera abajo y se dañara el grano que ya estaba listo para venderse. En algún momento durante el trayecto me sentí incómodo de tener detrás al Miguelón, que podía dejarse llevar por el resentimiento y, sin ninguna dificultad, pegarme un tiro en la nuca y largarse; pero Tikú caminaba detrás de él y no iba a permitirlo, pensé para tranquilizarme que ese muchacho dependía completamente de nosotros, le pagábamos la escuela, los libros y los útiles y hasta la ropa, y además le habíamos dado un caballo y encima lo dispensábamos de hacer las faenas de la plantación para que pudiera estudiar, incluso papá tenía la idea, porque era un muchacho muy listo, de ponerlo en el futuro en la oficina para que nos ayudara a administrar el cafetal, así que yo asumía que Tikú no iba a poner en riesgo ni los privilegios que tenía ni su futuro. Cuando llevábamos media hora andando, volteé para ver a qué distancia venían los pistoleros, ya no los sentía detrás y no quería que se rezagaran y me perdieran de vista; los esperé unos minutos y después comencé a desandar el camino pero enseguida resolví que seguiría adelante sin ellos; ya me abandonaron, pensé, y ahí mismo tomé la decisión de echar al Miguelón de La Portuguesa, si es que aparecía, porque con frecuencia los trabajadores se iban sin despedirse, se esfumaban y ya no se volvía a saber de ellos, y a veces me enteraba que alguno, que había trabajado durante años con nosotros, ahora estaba en la finca de al lado, o trabajando en el mercado de Galatea o en uno de los cañaverales que había llegando a Las Brujas. A Tikú no podía echarlo, no quería problemas con el caporal y además papá no iba a permitirlo, pero algo tendría que decirle; de todas formas la presencia de los pistoleros me había parecido desde el principio una exageración, y me quedaba claro que si la idea era llegar frente a los hijos del volcán en son de paz, lo mejor era llegar solo.

Encontré un ojo de agua que estaba sumido en la maleza, invadido por un árbol enorme que parecía una pieza fuera de lugar, un despropósito, sus ramas y raíces se tocaban unas con otras, completaban algo que se perpetuaba en una suerte de anillo. Aproveché para llenar la cantimplora y para mojarme la cabeza y la cara; pensé que más me valía recuperar las vacas porque papá empezaba a contemplar muy seriamente la posibilidad de dejarme al mando de la plantación y yo quería demostrar que era capaz de gobernar cualquier cosa que amenazara La Portuguesa: papá ya se sentía viejo, mi madre había muerto hacía unos meses y pensaba que probablemente era ya momento de irse; quisiera morir en Barcelona y no en esta selva nauseabunda, me había dicho más de una vez últimamente; no se te olvide que en esta selva nauseabunda nací yo y que aquí te has vuelto un hombre rico, dije, a sabiendas de que ya tenía decidido irse, a sabiendas de que la selva, a pesar de todo lo que le daba, le había parecido siempre un lugar inhóspito.

Mientras llenaba la cantimplora en el ojo de agua sentí que alguien me estaba mirando y, en cuanto levanté la cabeza para sorprenderlo, pensando que sería uno de los pistoleros que me habían abandonado, vi cómo se escabullía con gran habilidad un cuerpo, y cuando me incorporé, vi que detrás de mí había otro que también salió corriendo selva adentro; eran dos personas menudas vestidas con ropa de manta, según había alcanzado a ver, que no coincidían para nada con la descripción de los hijos del volcán. Tuve miedo, la selva se apretaba contra mí pero me sentía expuesto por todos lados, comencé a dar tajos con el machete siguiendo la dirección que habían marcado en su huida esos dos tipos, que seguramente estaban relacionados con el robo de las vacas. Más tarde, un poco aturdido de tanto golpear ramas y raíces con el machete, tuve un lance de optimismo y di por hecho que si esos hombres no me habían agredido todavía, quería decir, de forma inequívoca, que había grandes posibilidades de que yo regresara con las vacas a la plantación; se trataba, como digo, de un lance de optimismo porque a quien roba no le gusta que le quiten lo robado. De todas formas llevaba por si acaso una treinta y ocho en el cinturón.

Cuando yo era un niño, lo primero que hacía papá al subirse a la camioneta era meter la pistola debajo del asiento, un revólver negro con la empuñadura gris, exactamente igual que el mío, en Galatea había una sola armería y un solo tipo de revólver, y yo había pasado del rifle 22 que usaba cuando era joven, al revólver 38, que ya era un calibre más serio. Esto no es como el 22, si le dispara a alguien con esto tiene que estar seguro de que quiere usted matarlo, me había dicho el caporal en una ocasión sopesando lujuriosamente mi revólver. Papá acomodaba la pistola debajo del asiento, no muy al fondo para tenerla siempre a mano, y luego nos íbamos por la carretera, a veces dos horas hasta Veracruz, y otras una eternidad por un camino de tierra hasta El Naranjo, o hasta Las Brujas; en todos los viajes corríamos el peligro de que nos asaltara un bandido, o la guerrilla de Abigail Luna, un temible grupo armado que se ocultaba en la sierra y asaltaba viajeros para subvencionar su gesta, que yo entonces no sabía muy bien cuál era ni tampoco preguntaba, quizá calculando que cada dato que me fuera revelado aumentaría exponencialmente mi temor. Yo sabía que papá llevaba la pistola para defendernos, no me atrevía a pensar si, en el caso de que un bandido o el mismo Abigail Luna nos atacara, papá iba a ser capaz de dispararles. La pistola me hacía sentir seguro, era un objeto poderoso que cuando no estaba en la camioneta dormía en el cajón de papá, al lado de su cama, como un aliado que esperaba el momento de aniquilar, de un solo golpe certero, a su enemigo; el revólver era su centinela, su vigilante nocturno, era el poder al que se agarraba así como otros se encomendaban a los santos. Yo tenía prohibido acercarme a la pistola, pero a veces, cuando estaba seguro de que nadie me veía, la sacaba de su escondite para manipularla, y también sacaba un estuche rectangular de color amarillo donde las balas estaban formadas en seis filas, asentadas sobre el casquillo y con las puntas de plomo al aire, como un sembradío de flores decapitadas. Las balas chatas hacen heridas más grandes que las que tienen punta, me dijo una vez el caporal, las balas chatas hacen un agujero enorme por el que se va la vida, no hay manos ni trapos que puedan contener la sangre que sale de una herida de bala chata, rece usted por que tenga punta la bala que lo alcance si es que algún día lo alcanza, me dijo el caporal. Me sentaba en el suelo y jugaba a ir metiendo las balas chatas en el cilindro del revólver, una por una, y después regresaba el cilindro a su lugar, con un aspaviento que terminaba en un chasquido, como veía que hacía papá cada vez que salíamos a la carretera; amartillaba el gatillo solo para sentirme en el umbral, a punto del disparo, en un lapso turbio donde confluían revueltos el miedo, la sensación de poder y la misericordia.

Una vez íbamos por la brecha rumbo a Las Brujas, habíamos salido muy temprano de La Portuguesa, hacía fresco y los últimos jirones de la bruma nocturna se desprendían de la selva y dejaban libres a los árboles, al breñal y a la manigua para que el sol descargara sobre ellos toda su furia, una furia que era de un amarillo cegador; la camioneta daba tumbos de un lado a otro y atraía a los perros, que nos seguían unos metros ladrando con ferocidad y después desistían, apabullados por su fracaso se tragaban la estela de polvo que íbamos dejando a lo largo del camino. Cíclicamente, supongo que cuando creía que se avecinaba una situación de peligro, papá, sin bajar la velocidad de la camioneta ni desatender su trabajosa conducción, metía la mano debajo de su asiento para comprobar que la pistola seguía ahí, para tocarla y estar seguro de que podía recurrir a ella en caso de que nos saliera Abigail Luna o alguno de sus temibles acólitos; esa siniestra media docena de hombres de machete y sombrero, con un arma larga cruzada por la espalda, cuyas fotografías habían salido publicadas en *El Sol* de Galatea. Este es el Requeté, había dicho el caporal agitando frente a papá la hoja del periódico donde aparecía su conocido, que resultaba ser uno de los lugartenientes de Abigail Luna. ¿Y sigue usted en contacto con él?, había preguntado papá, mirándolo con cierta desconfianza porque, naturalmente, no deseaba que un tentáculo de la guerrilla se colara en la plantación. Ni lo mande Dios, había contestado con mucho énfasis el caporal. La brecha hacia Las Brujas era de subida y tenía una cantidad de curvas indigesta; papá vendía café al presidente municipal, don Melquiades, por eso íbamos a ese pueblo, y cada vez que metía la mano debajo del asiento, para asegurarse de que la pistola seguía a su alcance, yo esperaba que frenara súbitamente la camioneta y se lanzara selva adentro con el revólver en la mano, o que la emprendiera a tiros contra un guerrillero que nos cerrara el camino; pero nada de eso sucedía nunca, se trataba de un ritual, al tocarla, el arma adquiría la función de un talismán.

Finalmente, siguiendo la dirección en la que habían huido los dos tipos que me estaban espiando, llegué a una aldea que era más bien un grupo de chozas que se integraban en la vegetación, comunicadas por un laberinto de caminos que había que ir descifrando, una aldea que tenía que ser invisible desde el aire, pensé, porque una de las opciones que había ofrecido el caporal, cuando los robos comenzaron a ser más descarados, era la de subirnos al globo aerostático que habíamos usado algunas veces para recorrer el cafetal, y aparecer ahí, como caídos del cielo, a reclamarle a los bandidos lo que nos habían robado. La idea no era del todo mala, pero el globo estaba plegado en la bodega, y la canastilla desmontada, y ponerlo a punto suponía un trabajo excesivo; nos sale más a cuenta asumir los robos, había terminado por decirle al caporal. El globo nos había servido durante unos meses, pero los preparativos antes de volar eran largos y laboriosos y habíamos acabado regresando a los caballos para recorrer la propiedad, y arrumbando el artefacto en un rincón de la bodega; y aunque lo hubiéramos montado, de todas formas nos hubiéramos llevado un chasco, pensé, porque la aldea era invisible hasta que se estaba dentro de ella; por otra parte las chozas eran unos habitáculos pequeños donde de ninguna forma podían caber los hijos del volcán, que eran, según decían, gigantescos; más bien me pareció, por los instrumentos que alcancé a ver, unas inconfundibles lanzas de bambú con punta del vidrio que sacaban de las botellas de refresco, que en aquella aldea vivían los popolocas, una tribu antipática que ya también alguna vez nos había hecho una trastada. Caminé por un sendero, las chozas estaban vacías, pero en una de ellas había un anafre encendido, se notaba que habían salido deprisa al verme venir y lo mismo noté en otras chozas a las que me iba llevando la vereda; los popolocas estaban escondidos, no querían enfrentarse conmigo, pensé que quizá me tenían miedo. En un claro que había al final de la vereda, alumbradas por el único rayo de sol que entraba en la maleza, estaban las dos vacas, las Holstein que le habíamos comprado hacía poco a Lucio Intriago. Me dirigí hacia allá, pero cuando me acercaba al claro pensé que estaba cayendo en una trampa, que las vacas eran el cebo para atraerme y que antes de que llegara a donde estaban iban a acribillarme con esas lanzas de punta de vidrio que rebañaban de veneno, lo sabíamos porque alguna vez habíamos encontrado un animal muerto, envenenado con una de esas flechas, tieso y con el morro manchado de una baba azul. Me llevé la mano al revólver, por si acaso, y dije en voz alta, ya en el claro, que iba a llevarme esas vacas porque eran mías y luego desenfundé el arma, la revisé, abrí el cilindro y miré las balas, cerré el mecanismo con un chasquido intimidatorio, como lo hacía con el revólver de papá cuando era niño y, con la pistola todavía en la mano, desaté las vacas y comencé a caminar de regreso a La Portuguesa. Salí de la aldea todavía con la pistola desenfundada, que probablemente hubiera sido incapaz de usar contra esos pobres indios, pero aprovechando plenamente su función de talismán; el arma consiguió que los popolocas no me dedicaran ni una flecha, ni un gesto, ni una palabra.

Desanduve el camino de vuelta, que en algunas partes era demasiado angosto para las vacas y en más de una ocasión tuve que meter el machete para que pudieran pasar; tenían mucho menos alzada que los caballos y podían ir avanzando sin demasiada dificultad.

Ya cerca de la plantación me encontré con Tikú, que estaba recargado en el tronco de un árbol, sentado con las manos en la cara y la cabeza entre las rodillas, plegado lastimosamente sobre sí mismo. Iba a reclamarle que me habían dejado solo, iba a decirle que llegando a La Portuguesa tomaría ciertas medidas, pero en eso Tikú levantó la cara y vi que lloraba. ¿Qué pasa?, pregunté, y antes de que pudiera decirme nada me di cuenta de que a su lado estaba el Miguelón, despatarrado y con la cabeza partida por una piedra, muerto con los ojos abiertos y la cara y la camisa manchadas de sangre; también Tikú tenía sangre en las manos, unos manchones que subían casi hasta los codos. ¡Perdóneme!, gritó, ¡perdóneme, por favor!, volvió a gritar y luego empezó a llorar como si fuera un niño. Yo no podía creer lo que estaba viendo, ¿lo mataste tú?, balbuceé y él me miró de una manera en la que no cabía ninguna otra realidad: Tikú había matado al Miguelón. ¿Por qué?, le pregunté, casi enfurecido pues aquello supondría en La Portuguesa un desastre mayor, sobre todo para papá, que lo había tratado siempre como a un hijo. ¿Por qué?, volví a preguntarle y él, sin dejar de llorar, respondió: me lo dijo la voz de adentro. ¿La voz de adentro?, repetí con incredulidad, ¿la voz te dijo que mataras al Miguelón?, le pregunté, pensando que hacía apenas unas horas yo había percibido al pistolero como una amenaza, había creído que era capaz de dispararme en la nuca. Sí, la voz de adentro me dijo que lo matara, respondió y yo decidí ahí mismo, de forma irreflexiva y precipitada, que iba a ayudarlo, no quería asumir el lío que ese muerto iba a acarrear así que, de momento, no diría nada y ya hablaría después con el doctor Demeneghi, un psiquiatra amigo de la familia que vivía en Orizaba. Ayúdame a subir al Miguelón a esta vaca, no podemos dejarlo aquí tirado, le dije y mientras maniobrábamos con el cadáver le propuse que no diría nada a cambio de que me dejara llevarlo con el doctor, y luego añadí: lávate la sangre en el río, no podemos llegar así a la plantación.

El caporal se hizo cargo del cuerpo del Miguelón, estaba acostumbrado a lidiar con los cadáveres que aparecían cíclicamente en los alrededores de La Portuguesa. Lo encontramos así, no sé qué pudo haber pasado, le dije antes de que comenzara a preguntarme impertinencias.

Después del incidente, Tikú retomó su vida con una normalidad que hoy me parece siniestra, como si no hubiera cometido ese acto brutal del que solo yo estaba enterado, además de la Chamana, que siempre estaba al tanto de lo que sucedía en la plantación, los acontecimientos le llegaban de una forma misteriosa, era la conciencia colectiva, el núcleo hacia el cual confluía toda la energía, y además conocía a Tikú como si fuera su hijo; desde que era muy pequeño se había dado cuenta de esa voz que le hablaba, una voz maligna, decía ella; una voz que lleva dentro como una luz inmunda, insistía, porque ella lo había atendido cada vez que entraba en una de sus crisis; esa voz que le habla pero que no está en ningún lado, lucubraba la Chamana y ni yo, ni mi padre ni, sobre todo, mi hermana le dimos nunca la importancia que merecía esa voz, ninguno nos pusimos a buscar un remedio, seguramente porque nos parecía una dolencia inocua, una cosa de nada, decía mi hermana, a lo mejor con razón, si se comparaba la voz que oía Tikú con las atrocidades que enfrentábamos permanentemente en la plantación. Oye voces y ya está, decía papá, no vamos a hacer un drama por eso; y todo lo que había hecho él por la dolencia de su querido Tikú era contárselo al doctor Demeneghi, su amigo con el que bebía de vez en cuando un vermú. Y yo aquella vez tampoco hice nada, aun cuando la voz evidentemente había dejado de ser inocua, no lo hice porque se aproximaba el día de su graduación y pensé que, puesto que la voz era un fenómeno esporádico, lo más sensato era esperar a que terminara con sus compromisos antes de llevarlo a Orizaba con el doctor; no quería que le administraran un tratamiento que acabara frustrando su graduación, y descorazonando a papá, que esperaba con mucha ilusión ese momento, ya incluso me había contado que iba a llevarlo a festejar a la casa de la Virreina, un garito donde los hombres de la región bebían, jugaban al dominó y, los más animosos, se refocilaban con las mujeres que atendían a la clientela.

Papá tenía muchas esperanzas puestas en Tikú desde que era pequeño, se había hecho cargo de asuntos que el caporal, su padre, no estaba dispuesto a resolver, porque ese niño había llegado para complicarle la vida y ya bastante hacía, según él, teniéndolo en su casa, así que papá se ocupaba; por ejemplo, había llevado al juez a La Portuguesa para que le hiciera un acta, como la madre no iba a figurar, le había puesto los dos apellidos del padre: Domínguez Hernández, y además del nombre de Tikú, que el caporal, a pesar de que el niño no le importaba nada, estaba empecinado en ponerle, le puso Miguel Ángel: Miguel Ángel Tikú Domínguez Hernández, así dice el título de maestro normalista que tuvimos años en casa, porque el caporal no quería saber nada de eso, de las veleidades de su hijo, decía, y nosotros lo conservábamos por si algún día regresaba Tikú a La Portuguesa, o Miguel Ángel, como papá insistía en llamarlo, se negaba a decirle Tikú porque le parecía un nombre ridículo, pero había otra cosa, Tikú en lengua totonaca quiere decir «padre», y llamar padre a un hijo es un despropósito, y un conflicto cuando, como era el caso del caporal, no se quiere saber nada de él, un despropósito que, curiosamente, afloraría y cobraría sentido al final de la vida de Tikú, según me contarían años después algunos campesinos de la sierra que lo veían en las inmediaciones del volcán, gente de San Juan el Alto que lo conocía. ¿Cómo es que Tikú se convirtió en un asesino?, ¿qué vida habrá llevado Tikú para terminar así?, se preguntó mi hermana durante décadas, obsesivamente; y a mí un día, después de que Lucio Intriago me contara lo que me contó, me dio por escribir, por recapitular aquí lo que sé, lo que vi y lo que me contaron los que lo vieron después.

¿Y qué otra cosa te ha dicho que hagas la voz de adentro?, le pregunté a Tikú cuando acababa de matar al Miguelón, mientras se lavaba morosamente en el río la sangre de las manos y de los antebrazos. Que matara a la vaca con el machete, respondió Tikú con una frialdad que tendría que haberme hecho reflexionar y reaccionar de otra manera; todos en La Portuguesa sabíamos que aquella escabechina en el establo la habían perpetrado los hijos del volcán, o si acaso las huestes del alcalde para amedrentarnos, no Tikú, que era como de la familia. No hice nada y tendría que haber actuado, tendría que haberlo llevado inmediatamente con el doctor para que le diera medicamentos o lo internara en un hospital, pero no lo hice porque no me convenía; esa turbulencia podía dañar mi proyecto de quedarme al frente de la plantación, no dije nada, dejé que Tikú regresara a su vida confiando en que ya habría tiempo para tratarlo, pero me equivoqué, la voz de adentro regresó más pronto de lo que esperaba y pasó lo que pasó, y lo que con el tiempo seguiría pasando, según me iba a contar años más tarde Lucio Intriago. Tikú era conocido allá en San Juan el Alto como el animal, así empezó a ponerme al tanto una noche en la que nos encontramos en la casa de la Virreina.

La Chamana vivía en un bohío dentro de la plantación, en lo alto de una loma en la que la selva hacía una especie de espiral, un círculo concéntrico que se iba cerrando hasta que desembocaba en el punto preciso donde ella, abanicando enérgicamente con un cartón, avivaba el fuego para que hirvieran los caldos que confeccionaba en los peroles. La espiral que hacía la selva desembocaba en el fuego, aunque quizá lo lógico sería pensar en el otro orden posible, que la Chamana había elegido el centro de ese nudo vegetal para construir ahí su casa, porque buscaba un emplazamiento capaz de amplificar sus poderes, ¿y qué punto más poderoso que ese a partir del cual se desenroscaba toda la selva? No hacía falta más que estar dentro del bohío de la Chamana para sentir el poder, había una energía de la que ella echaba mano para curar a la gente, para diluir las plagas que le caían al cafetal, para contrarrestar el influjo dañino de los eclipses y revertir el mal de ojo; pero esa energía desatada, fuera de control, era sumamente peligrosa; eso era lo que la vieja misma decía cuando alguien le preguntaba la razón por la que había puesto su bohío en esa loma inhóspita y no en el valle, junto al río, o a la entrada de la cañada, donde su casa hubiera estado mejor protegida a la hora de los temporales que llegaban cíclicamente del norte.

La Chamana nos curaba a todos en la plantación; también a papá aun cuando cada vez que podía se burlaba de sus supersticiones, y de su llamativo ceremonial, pero con todo y las burlas invariablemente acudía a ella cuando le sobrevenía una calamidad, una herida, un golpe, la picadura de un alacrán, o la vez que había llegado al bohío sin una mano, con un muñón sanguinolento arrebujado en un trapo; papá había aparecido en brazos de dos jornaleros, medio desmayado por el dolor y por la cantidad de sangre que había perdido, los hombres que lo llevaban habían dicho que la muela del trapiche le había destripado la mano, pero el caporal me contó más tarde que había visto cómo un artefacto explosivo le había estallado a papá mientras lo manipulaba; el caso es que la Chamana le había cortado la hemorragia con una piedra caliente, al rojo vivo, y luego lo había resucitado con uno de los caldos que hervían en los peroles, metiéndoselo a la fuerza por la boca con un cucharón, como si fuera una criatura. Después mi hermana había llevado a papá a que un médico de la capital le adecentara el muñón, cosa que había molestado enormemente a la Chamana; así son los españoles, decía muy enfadada, como si no hubiera sido yo la que lo alivió, decía mientras azuzaba el fuego, y luego seguía quejándose, rezongando, alegando que los doctores de la ciudad eran un timo, unos descarados que pretendían curar a las personas escribiendo pendejadas en un papelito, decía, y mandándolas a la botica a comprar cajitas de medicina, qué culeros son los pinches médicos que engañan a la gente, refunfuñaba la Chamana y, llegada a ese punto de ardor verbal, de palabrería desatada se lanzaba, en un tono doblemente belicoso, contra sus enemigos fundacionales: con una furia sañosa decía que los españoles, además de invadir esas tierras que habían sido siempre de los indios, le salían con esas desconfianzas, se iban con los doctores rotitos de la capital, que no había derecho, vociferaba cada vez más indignada, que no podía uno fiarse de los españoles, que estaban ahí de paso y que ya llegaría el día en que se irían de regreso a su país y ella recuperaría lo que había sido siempre suyo, lo que sería siempre suyo por los siglos de los siglos. La cantaleta de la Chamana era siempre la misma, se quejaba del patrón y de su familia, de nosotros, en la misma proporción en que papá se burlaba de ella, así se equilibraba el microcosmos social en La Portuguesa; los indios odiaban a los conquistadores que los despreciaban, pero a la vez dependían los unos de los otros, y esa era la tensión que mantenía en movimiento a toda esa zona de la selva; oprimidos y opresores se necesitaban, todos eran parte del mismo mecanismo, piezas complementarias del drama perpetuo que Tikú entendía perfectamente desde que era un niño. Tú vas a ser siempre un indio, le decía la Chamana cada vez que se ponía de lenguaraz; por más que el patrón te mande a la escuela, no vas a poder escapar de aquí, vas a ser un indio muy pinche educadito pero vas a quedarte aquí por más que te vayas lejos, le decía la Chamana y luego se carcajeaba como una loca y lo miraba con sus ojillos despiadados, maliciosos, lo miraba como diciéndole de aquí somos y aquí vamos a quedarnos por los siglos de los siglos, custodiando el legado de Quetzalcóatl, de la Chalchiuhtlicue y del perro Xólotl, parecía decirle.

Una noche el gobernador de Veracruz vino a cenar a la plantación. Toda la tarde habían estado llegando coches, personas cargando cajas y artilugios diversos y otras que husmeaban, hacían preguntas, exploraban el cafetal y sus alrededores, trataban de localizar cualquier anomalía que pudiera esconder algún peligro para el político. No te atravieses, no los molestes, le había advertido a Tikú su padre, que esperaba la llegada del gobernador con nerviosismo, porque era el responsable de la plantación y cualquier fallo iba a achacársele y él no quería fallar, sufría hasta lo indecible con esos episodios que ponían en riesgo su rango y su prestigio. Tikú no tenía claro todavía eso del rango de su padre, pero sabía, por las cosas que despotricaba la Chamana, que el puesto de caporal, con todo y su prestigio, en ningún caso los libraba de pertenecer a la servidumbre, de ser los criados de esa gente que lo tenía todo gracias a que ellos no tenían nada. No tenemos nada, vociferaba la Chamana, pero tenemos a Xólotl, el dios del fuego, y tenemos a la Chalchiuhtlicue y a la diosa lunar Mayahuel, no tenemos pinche nada pero tenemos a Tonacateuctli y a Quetzalcóatl y a Yacatecuhtli y eso quiere decir que lo tenemos todo, decía francamente enardecida. Así ventilaba la Chamana su corazón cada vez que Tikú se acercaba al bohío, porque le había hablado la voz de adentro o simplemente por-

101

que quería estar con ella, y la veía preparando emplastes o medicinas, o rezándole a los santos o abanicando con un cartón, llevada por un furor sobrenatural, el fuego en el que ponía a hervir el caldo de los peroles. Tikú no tenía claro cuál era la posición de su padre en La Portuguesa hasta esa noche, cuando el gobernador de Veracruz vino a cenar a la plantación y él, después de pasar la tarde replegado para no interferir ni molestar a la cuadrilla gubernamental que lo revisaba todo, se agazapó detrás de unos arriates a espiar lo que pasaba en la cena, por un gran ventanal que estaba completamente abierto para que circulara el aire entre los invitados que, a pesar de la calina y de la fastidiosa humedad, iban vestidos, como la ocasión lo exigía, de un sofocante postín. Desde su escondrijo Tikú veía a los meseros yendo y viniendo con vasos, copas, botellas y bandejas de canapés, reconoció entre los invitados a los Porres, a los Pírez, a los Penagos y a los Perdomo, que eran los dueños de las plantaciones de la región, y también reconoció a Lucio Intriago y al presidente municipal de Galatea, cuya fotografía había visto en el periódico, y supuso que el gordo de guayabera blanca y sombrero panamá al que nadie perdía de vista, y alrededor del cual orbitaba la reunión, tenía que ser el gobernador de Veracruz. Desde ahí, desde su escondrijo detrás de los arriates, vio a papá hablando con ese hombre amplio que irradiaba un vasto poder, rodeado de otros hombres que chocaban sus copas, amarraban compromisos, esbozaban de viva voz negocios para el futuro, envueltos en la tufarada de los puros y tratando de imponerse al estrépito de las piezas que tocaba un bullicioso grupo de jaraneros al fondo del salón. Tikú espiaba y también vigilaba alrededor porque no quería que llegaran Jobita o doña Julia o Dominga o Altagracia a decirle que no estaba bien espiar a los señores, a ordenarle que se fuera a dormir, por eso estaba con un ojo a la fiesta y otro a la noche oscura, de donde podía salir una criada a reprenderlo, o una fiera que no detectaran los perros que dormitaban frente a la entrada de la casa, y en un momento en el que después de otear la noche oscura regresó al gentío que abarrotaba la fiesta, descubrió entre la multitud, con verdadero estupor, que uno de los meseros que llevaba una bandeja llena de copas era su padre; se puso violentamente de pie, la imagen del caporal que mandaba en la plantación con una bandeja sirviendo a esa gente lo dejó trastornado; estuvo un largo rato mirando esa escena, quería huir de ahí pero estaba paralizado; la situación lo lastimaba profundamente, destruía algo esencial, y a pesar del destrozo estuvo viendo a su padre hasta que desapareció para llenar otra vez de copas la bandeja. Precisamente como un destrozo calificó Altagracia lo que sucedió aquella noche con Tikú, ahí fue donde empezó a torcerse la cosa, me dijo la criada años más tarde, ignorando con cinismo el episodio en el que de verdad se torció todo para el muchacho, y que ella misma protagonizaría tiempo después.

Esa noche Tikú se fue a dormir a casa de las criadas, a la cama de Altagracia, que lo estuvo consolando hasta que se quedó dormido; nunca le dijo a su padre lo mucho que lo había perturbado verlo sirviendo en la casa del patrón, y el consuelo de Altagracia fue creciendo y expandiéndose a partir de entonces a lo largo de los meses y los años; fue pasando de los mimos maternales a dejarse hacer cosas por el niño, que muy pronto quedó perdidamente enamorado del cuerpo de la criada, buscaba cualquier oportunidad para meterse en su cama pero más adelante, cuando empezó a convertirse en muchacho, Jobita, Dominga y doña Julia comenzaron a quejarse de sus visitas nocturnas; el hijo del caporal ya no era ningún niño y ellas no estaban dispuestas a solapar ahí dentro la presencia de un hombre y mucho menos las cosas que hacían debajo de las sábanas. Entonces Altagracia y Tikú empezaron a ocultarse, a verse a horas necias en el cuarto de los herrajes o en el establo y a citarse en la bodega donde retozaban en una suerte de nido que fundaron entre los sacos de café; Tikú pensaba en ella todo el tiempo y ella lo dejaba hacer, lo dejaba decirle cosas como que el día que trabajara iba a comprarle un rancho, iba a casarse con ella, se la iba a llevar muy lejos de ahí; Tikú le decía cosas que la divertían, mientras ella establecía los alcances del repertorio: puedes tocarme todo menos lo de allá abajo, le decía, lo de abajo es para el que se case conmigo y para nadie más, le advertía mientras él le besaba ansiosamente el cuello. Pero no todo era el desfogue acotado que ella le permitía, Altagracia era su confidente, en la calma que llegaba después del manoseo, sosegados los dos entre los sacos de café, él le contaba sus desavenencias con su padre, le aseguraba que no iba a prestarse a ser el próximo caporal de la plantación, lamentaba ese destino y luego lanzaba un iracundo monólogo contra el patrón y contra los ricos de la zona que lo poseían todo gracias a que ellos no tenían nada, un monólogo que envenenaba el momento y hacía que

Altagracia, harta pero también preocupada por la beligerancia del muchacho, se ajustara las ropas y saliera de ahí después de advertirle: espero que a nadie más le andes diciendo esas babosadas. Altagracia era la única persona en La Portuguesa que le contaba cosas de su madre, de la mujer del caporal que él nunca había conocido, le contaba de su bondad, de su belleza, de que había muerto ahogada cuando él era todavía muy pequeño, en el río Atoyac, en esas aguas por las que Tikú sentía devoción porque eran todo lo que le quedaba de su madre, su padre no conservaba ni un objeto, ni siquiera una fotografía de ella, y se enfadaba cuando él trataba de indagar, de saber algo más de esa mujer fantasmal.

En realidad, lo único que hacía Altagracia era repetir la historia que se había contado siempre en La Portuguesa, la de que aquella mujer se había ahogado en el río, y no contaba lo que de verdad sabía porque papá se lo había prohibido, la amenazó incluso con desterrarla, con arruinarla si algún día el muchacho se enteraba de eso que solo sabíamos nosotros y el caporal. Altagracia era la confidente de Tikú, pero no era digna de esa confianza, le ocultaba información crucial sobre su madre, lo engañaba con eso y con otras cosas que al final terminaron delineando el destino del muchacho, aunque es cierto que tampoco Tikú le dijo nunca lo de la voz de adentro.

La culpa de ese destino miserable que le esperaba no fue solo mía, yo tendría que haberlo llevado con el doctor Demeneghi inmediatamente después de que mató al Miguelón, pero haciendo bien las cuentas ese destino miserable se lo construimos entre todos.

Antes de que Altagracia se convirtiera en la mujer de sus sueños, en el fundamento que necesitaba para inventarse una vida fuera de La Portuguesa, apenas unos días después de que viera a su padre con la bandeja llena de copas, le habló la voz de adentro que lo mortificaba desde que era un niño. Estaba ordeñando una vaca en el establo cuando la escuchó; le dijo, con una terminante autoridad: tienes que matar a la vaca, rájala con el machete, tienes que hacerlo ahora. Tikú miró con ansiedad a su alrededor; parece que viste un espanto, le dijo Leopito riéndose desde el otro extremo del establo, y él también se rio, pero enseguida la voz volvió a decirle lo mismo y él optó por salir del establo a caminar para ver si la voz desaparecía; al poco de andar entre la maleza, la voz, que no había dejado de hablarle, comenzó a confundirse con sus pensamientos, lo que le decía y lo que él pensaba empezó a ser la misma cosa, supo rápidamente que no tenía ningún sentido resistirse, que matar a la vaca era precisamente lo que tenía que hacer, así que regresó al establo. Leopito había salido, seguían ahí el banco y la cubeta entre las patas de una vaca, habría ido a estirar las piernas y volvería pronto, pero Tikú ya sabía lo que tenía que hacer y, sin importarle el lío en el que iba a meterse, sin pensar ninguna coartada que pudiera disculparlo, sin vía de escape alguna sacó el machete y en un estado de alienación absoluta descargó un golpe furibundo en el cuello de la vaca y luego siguió, fuera de sí, dándole machetazos, uno tras otro, mientras el animal soltaba un profundo quejido, un berrido continuo y lastimero y, cuando la vaca había quedado definitivamente degollada, la voz, que ya era su propio pensamiento, cesó.

Un silencio consistente se adueñó del lugar y entonces él pudo contemplar la escena, la vaca había doblado las manos, y la cabeza, parcialmente descoyuntada del cuerpo, estaba recostada, con los ojos muy abiertos, en un charco oscuro que se perdía debajo del comedero; la sangre había salpicado a otras vacas y él estaba manchado desde los pies hasta los cabellos. Corrió a lavarse al río y al cabo de un rato de estarse remojando morosamente en la corriente lo aterrorizó de verdad el acto que acababa de cometer, no comprendía exactamente lo que había pasado y no podía, de ninguna forma, explicarle a nadie lo que había hecho, no podía contar de la voz que lo había vuelto loco y cualquier otra explicación parecía todavía más absurda. Más tarde, cuando regresó al establo, ya los peones se habían llevado el cuerpo de la vaca y Leopito tapaba con tierra los manchones de sangre que había en el suelo; nadie imaginó que Tikú podía ser el autor de esa canallada, Leopito le contó que su padre y el patrón habían estado ahí preguntándose quién podría ser el responsable y luego añadió, en tono de confidencia, que él pensaba, como al final casi todos acabarían pensando, que habían sido los hijos del volcán.

Unos días más tarde Tikú, con la justificación de una herida que se había hecho en el codo, fue a visitar a la Chamana; lo que lo había obligado a hacer la voz de adentro lo atormentaba; la vieja machacaba un puño de raíces en el molcajete cuando Tikú entró en el bohío. Fuiste tú el de la pinche vaca, le dijo sin desatender el mejunje que mezclaba, raíces machacadas con una base de tripas de animal para componer un emplaste. Tikú se quedó aterrorizado ante esa acusación tan certera y tan violenta, no sabía ni qué decirle; se sentó en el guacal que con un dedo imperioso le fue señalado y no hizo falta que dijera nada, porque la vieja enseguida lo encaró, con ese gesto serio que la asemejaba a un ídolo de piedra: la voz de adentro es la voz del diablo, le dijo mientras le untaba morosamente el emplaste en la herida que ya empezaba a infectarse, luego cubrió todo con una hoja de plátano que amarró por debajo del muslo y después sentenció: la voz está dentro de ti pero no está en ningún lado, las cosas verdaderas nunca lo están.

Para celebrar su título de maestro en la Escuela Normal de Galatea, papá le hizo a Tikú un festejo en casa de la Virreina. El caporal no pudo, o no quiso, asistir a la ceremonia, ni tampoco al festejo posterior; no sabía qué hacer, ni cómo comportarse, ante eso que él llamaba las ínfulas de su hijo. Si vas a ser el caporal de la plantación, ¿para qué estudias tanto?, el patrón te va a cobrar a su manera esos estudios que te está pagando, le decía y con frecuencia le hacía ver, con una crueldad que dejaba a Tikú hundido en la melancolía: ni te hagas ilusiones, el que nace indio indio se queda. Pero Tikú estaba convencido precisamente de lo contrario: que con el esfuerzo suficiente podría escapar de ese círculo perverso de nacer y quedarse indio, creía que en algún momento alguien tenía que dar el salto fuera de esa estirpe que durante generaciones se había dedicado a servir, creía que ese salto hacia el siguiente estrato social podía ser el suyo, para eso estaba terminando la carrera de maestro, para enseñar en lugar de servir.

A Tikú no le hacía ninguna gracia la celebración en la casa de la Virreina, pero no quería desairar a papá, que ya le había montado la fiesta, así que después de cumplir con el trámite en la escuela se subió al caballo y enfiló hacia el mercado de Galatea, con un humor enmarañado, jalonado entre la significativa ausencia de su padre y la presencia efervescente del patrón, que más que festejarlo a él parecía que celebraba la conquista de un objetivo. La casa de la Virreina era un tugurio, un galerón en el piso superior del mercado, metido entre las bodegas donde los comerciantes guardaban la mercancía, en guacales o en bolsas de plástico o en alteros y montones en el suelo, pilas de productos perecederos, de vida corta como frutas y verduras al borde de la putrefacción, o pollos y pescados precariamente mantenidos en tinajas con hielo, ahí, en medio de toda esa mercancía que estaba siempre a punto de echarse a perder, tenía la Virreina un espacio en el que recibía a los hombres del pueblo que querían beber en compañía de sus muchachas y, si al rato se les ofrecía, tenía unos espacios privados, unos habitáculos con paredes de lámina y cojines en el suelo donde el cliente podía encerrarse con una o varias de las muchachas. Eso de llamar muchachas a la infantería de la Virreina es un decir porque, aunque había varias jovencitas, casi niñas, el grueso de las trabajadoras pasaban de los cuarenta y ya había parido cada una su larga estirpe y, a cambio de la juventud que hacía tiempo que no poseían, ofrecían, según decía la dueña cuando promocionaba su local, una deleitosa experiencia. Papá recalaba ahí todos los viernes con los dueños de otros cafetales, decía que para purgar su viudez; era la noche que cada semana les reservaba la Virreina, la noche de los patrones, la llamaba, porque no había más que los propietarios de la tierra que rodeaba Galatea, algún que otro caporal que acompañaba a su jefe y de vez en cuando se acercaba alguna autoridad, algún político al que había que dejar pasar porque si no del despecho maniobraba para cerrarle a la Virreina el garito. Por eso era tan importante la invitación que le había hecho papá a Tikú, le había abierto un viernes las puertas de ese espacio y aquel era un privilegio que no habían tenido ni su padre ni su abuelo, que había sido el primer caporal de la plantación. El resto de la semana la Virreina recibía a todo tipo de clientela, a los trabajadores del mercado, a los hombres solos o calenturientos de Galatea y a la horda de campesinos que llegaban de otros pueblos de la selva a vender sus productos y luego se gastaban una parte considerable en guarapo y en el refocile con las muchachas; pero el viernes estaba reservado a los patrones y aquello era un reflejo de las jerarquías que articulaban la región: los privilegiados tenían el garito para ellos solos, les tocaban de a tres o cuatro muchachas a cada uno y en cambio el resto de la semana los trabajadores, los menesterosos, los muertos de hambre, tenían que esperar a que se desocuparan un habitáculo y una muchacha, para coronar su noche de juerga. La jerarquía lo invadía todo, los viernes había whisky en lugar de guarapo y se tocaban piezas de Verdi, de Vivaldi, valses de Strauss en un aparato que le habían comprado a la Virreina para poner sus discos, en vez de escuchar la inmunda XEDZ que sonaba el resto de los días, con canciones de Roberto Carlos, Camilo Sesto, Nelson Ned y Leo Dan.

Las mujeres de los patrones sabían perfectamente que sus maridos visitaban los viernes a las muchachas, todo se sabía en Galatea y en las plantaciones que la circundaban, y no obstante eso preferían pensar que se iban a jugar al dominó, que era lo que ellos decían siempre; de hecho papá, que ya no tenía nada que disimular porque era viudo, le había dicho a Tikú: mañana te vienes al dominó conmigo, nos vemos ahí a las seis, después de la ceremonia en la Normal; y Tikú tenía que ir porque no quería desairarlo y en el fondo también le daba curiosidad conocer el garito al que no había entrado nunca pese a que acababa de cumplir diecisiete años. Cuando llegó al mercado vio el Galaxy de papá estacionado y otros coches que solo estaban los viernes, vigilados celosamente por una parvada de harapientos que iban a esperar ahí hasta que salieran los señores y tuvieran a bien darles unas monedas, o un billete en el mejor de los casos. Tikú desmontó junto al Galaxy y le dijo a los vagos que lo miraban con desprecio, por ser como ellos y tener mejor ropa y un animal que montar, que el caballo era del dueño de La Portuguesa, por si se les ocurría hacer alguna pendejada, así les dijo, seguramente escocido por las miradas de desprecio que pese al anuncio le seguían dedicando. Atravesó la nave del mercado, que a esas horas estaba casi vacía: había un trabajador cargando unas cajas en las escaleras del fondo y otro apilaba guacales mientras el del puesto vecino tallaba del suelo un manchón oscuro con una escoba y espumarajos de jabón; adentro de la nave reinaba la penumbra y hacía un calor ardiente que caía de las láminas del techo y que fue aumentando conforme subía la escalera a la segunda planta, donde estaban las bodegas y la casa de la Virreina. El olor a podredumbre era asfixiante, pero lo reconfortó el recuerdo de la ventana que se veía desde la calle, la ventana más famosa del pueblo porque todo el día pasaban cosas, peleas de borrachos, peleas de muchachas, batallas campales a media mañana después de una noche de juerga y mujeres en paños menores o desnudas de la cintura para arriba, que era lo que se alcanzaba a ver desde la calle, por esa ventana salía un griterío permanente y en más de una ocasión la cosa había terminado a balazos o con un par de cuerpos arrojados a la calle; esa ventana era como el televisor de Galatea: la chusma se juntaba frente al mercado para ver pasar dentro de su marco la actualidad; por ahí se asomaban, tarde o temprano, las autoridades locales, los comerciantes y los matarifes, los ricos dueños de todo y las mujeres que alguna vez los hombres que miraban desde abajo habían poseído y los hacían suspirar. Por esa ventana, pensó aliviado Tikú, tendría que irse aquel olor asfixiante; tocó varias veces la puerta, una lámina atrancada entre dos postes de madera, hasta que le abrió una dama añosa y medio borracha, ¿qué quieres?, hoy es la noche de los patrones, vete y déjate de estar chingando, le dijo. Tikú contraatacó diciendo que, precisamente, su patrón lo había invitado. Eres el maestro, ¿no?, dijo la dama abriendo, o más bien destrabando, la puerta, y franqueándole el paso con una sonrisa que ponía de relevancia su fealdad. Al entrar percibió con alivio que efectivamente el asfixiante olor de las bodegas se iba por la ventana, o quizá se matizaba con el olor a perfume, a tabaco, a vapor alcohólico, a sexo y a sudor, al cuero de los equipales y a los orines que se acumulaban en el tambo y que no iban a vaciarse hasta la mañana siguiente o, según qué oscilaciones en los ritmos del garito, hasta dos días después. Las muchachas pululaban alrededor de los señores que bebían, fumaban puros, jugaban al dominó, y dirimían algún asunto a gritos para imponerse al estruendoso vals; estaban sentados en los equipales y la penumbra roja que provocaban las lámparas chinas, más la humareda de los puros y el pulular de las muchachas, no permitían a Tikú localizar a su patrón. La Virreina en persona lo llevó a sentarse en una mesa circular con dos jovencitas, le sirvió un trago de whisky en una taza de peltre y le dijo que el patrón ya había pagado por todo, que eligiera una chica de las que no pululaban alrededor de los señores y se la llevara a un cuarto y luego lo felicitó por su título de maestro y se fue a atender otros asuntos. Papá lo vio ya que estaba instalado entre las dos muchachas y lo saludó desde su equipal, fugazmente porque enseguida regresó a la discusión acalorada con sus pares y a las fichas que ocupaban la parte central de la mesa. Tikú no sabía qué hacer, nunca había estado en una situación parecida, no bebía alcohol ni sabía qué decirle a las muchachas, ni tenía intención, por más que el patrón ya hubiera pagado por el servicio, de irse al cuarto con alguna de ellas. Papá lo miraba de reojo y un rato después, seguramente para animarlo a que hiciera valer su regalo, le envió a Rosina, una señora untuosa que desplazó a una de las muchachas, se sentó a su lado y le puso una mano en el muslo. Papá lo vigilaba desde su equipal, en lo que le decía cosas a una jovencita que se había sentado en sus piernas y le hurgaba con la mano debajo del vestido, mientras dejaba el brazo manco sobre la mesa, en un extravagante estado de reposo. Tikú comenzó a comprender que si no hacía pronto algo con alguna de las mujeres que estaban a su disposición, no solo iba a desairar al patrón, sino que además lo dejaría en desventaja, iba a ser testigo de sus actos sin darle la oportunidad de que el patrón fuera testigo de los suyos; estaba pensando eso cuando llegó la Virreina a decirle que al patrón le extrañaba que ni bebía, ni fumaba, ni hacía nada con las muchachas y también le dijo que le recomendaba que se llevara a Rosina o a alguna otra al cuarto porque ella sabía cómo acababan esas cosas, no era el primer invitado de alguno de los patrones y su inapetencia estaba haciendo quedar mal al suyo, ya sus amigos le preguntaban qué clase de ahijado había traído al dominó, que si era putito, que si era volteado, que si era zarazo o mayatón. En cuanto terminó el juego, los señores se concentraron en los arrumacos con las muchachas y la Virreina cambió la música de Vivaldi por unas piezas melosas de Ray Conniff; la música era crucial para distinguir a los señores de los menesterosos y alguna vez ya se había hecho entrar en razón al dueño de El Pardillo, una hacienda por el rumbo de Calcahualco, cierta noche en la que se había empeñado en poner un disco de Julio Iglesias que llevó especialmente para el tiempo del arrumaco. Tikú conversaba con Rosina de cualquier fruslería y se dejaba manosear, quería hacer ver que estaba aprovechando el generoso regalo, hasta que llegó el momento en que el patrón se puso de pie y también la muchacha con la que se besuqueaba y que ahora lo conducía hacia uno de los habitáculos; papá le echó una última mirada y también la muchacha que lo acompañaba lo miró con una intención extraña que lo obligó a reparar en ella y lo que vio entre la niebla de los puros lo dejó sobrecogido: la muchacha era Altagracia, su Altagracia, su novia era la amante de su patrón, y al verla llevárselo muy obsequiosa hacia el habitáculo sintió que le faltaba la respiración, y conforme fue imaginándose lo que iba a hacerle Altagracia en cuanto estuvieran solos comenzó a sentir una rabia incontrolable, las lámparas chinas proyectaban un rojo infernal y desde el marco de la ventana le graznó un picho enorme que parecía un enviado del inframundo; quitó con brusquedad la mano que Rosina le metía dentro de los pantalones y le pidió a las otras dos que lo dejaran solo, que no quería hablar con nadie. La Virreina, alarmada por el cambio de humor de su nuevo cliente, se acercó a la mesa para tratar de apaciguarlo, ¡cálmate!, tómate tu whiskicito, le decía en un tono maternal, pero él ya no estaba para oír razones y antes de enfurecerse del todo decidió que se iba; se levantó y se fue hacia la puerta a pesar de que la madame le decía, no te vayas, no seas maje, el patrón se va a enojar contigo porque ya lo pagó todo y tú no te cogiste a ninguna de mis muchachas; pero Tikú estaba fuera de sí, cruzó la planta de las bodegas y bajó las escaleras atormentado por las imágenes del patrón encima de Altagracia, que él mismo iba componiendo en su cabeza, sentía un odio profundo contra todo y contra todos, salió del mercado y montó el caballo; los harapientos que seguían cuidando los coches lo vieron tan de mal talante que no se atrevieron a decirle nada, lo miraron irse a todo galope rumbo a la selva. Saliendo del pueblo comenzó a espolear brutalmente al caballo, le daba en las ancas con los tacones de las botas y le cruzaba el fuete de un lado a otro haciéndolo restallar una y otra vez contra la grupa, tenía ganas de que le reventara el corazón al animal, o de estrellarlo contra una pared, tenía ganas de hacerle daño al patrón matándole a su caballo, pero enseguida pensó que nada podía importarle al viejo explotador si le estrellaba el jamelgo que le daba para ir a la escuela, porque en sus establos tenía decenas de ejemplares mejores que el suyo. Mientras cabalgaba a toda velocidad, haciéndole sangre al caballo en las ancas con los tacones de las botas, pensó que iba a acusar a papá con mi hermana, que iba a ir a revelarle a ella lo que acababa de ver como si ella no supiera lo que hacía papá, pero enseguida descartó la idea porque esa delación obraría en contra de Altagracia, y cuando estaba llegando a La Portuguesa, ciego de ira, irrumpió en su cabeza la voz de adentro, empezó a decirle que tenía que prenderle fuego a la parte norte del cafetal, que era imperativo que lo hiciera, que no podía perder más el tiempo, la voz repetía eso mientras él cabalgaba a toda velocidad y en ese mismo estado que lo había llevado a buscar la piedra para golpear al Miguelón, entró a la bodega sin bajarse del caballo, cogió un galón de gasolina y una caja de cerillos y cuando llegó al cafetal tuvo un momento de vacilación, al incendiarlo liquidaría su vida en La Portuguesa, calculó que yo iba a sospechar que había sido él, como efectivamente sucedió cuando el caporal me despertó y vi a lo lejos el incendio, pero pronto Tikú dejó de dudar: la voz de adentro ya era su propio pensamiento, lo impulsaba a que siguiera adelante, lo hacía entender que en La Portuguesa ya no tenía nada, tenía un padre del que se avergonzaba, tenía una novia que lo había traicionado, tenía un patrón que quería explotarlo y obligarlo a perpetuarse en la casta de los sirvientes, así que se situó en el centro del cafetal, regó un amplio círculo de matas con la gasolina y, sin ningún tipo de miramiento, porque aquello ya era un acto de su voluntad, les prendió fuego y en cuanto comenzó a escuchar el crepitar de los cafetos y a ver cómo se elevaban las primeras llamas por encima de su cabeza, la voz cesó, luego golpeó al caballo en el anca para que se fuera lejos y se echó a correr por la selva. Unos minutos después, cuando escondía el galón vacío entre la maleza, pasamos el caporal y yo, seguidos por media docena de peones, cabalgando rumbo al incendio, con palas para ir aislando las llamas en lo que llegaba la pipa de agua. El incendio se expandía, curiosamente, en la zona que se nos había quemado ya dos o tres veces el día del fuego, cuando el volcán liberaba el magma por los veneros que se aliviaban en el mar. Tikú estaba asombrado por lo que acababa de hacer, le costaba trabajo creer que él era el autor de ese incendio que iluminaba la noche, ya no se reconocía en el hombre fuera de sí que había rociado con gasolina las matas del cafetal. Dio un largo rodeo antes de llegar a la zona de las casas y lleno de desconcierto se detuvo en un punto desde el que podía ver de lejos a papá, al patrón al que con una llamada urgente de teléfono habrían sacado de su idilio con Altagracia; lo veía dar órdenes, urgir al chofer de la pipa, había en el jardín un revuelo de gente, criadas, peones, mi hermana errando nerviosamente de un lado a otro y los perros ladrándole a la columna de fuego que se veía a lo lejos; una racha de viento llevó el humo hasta el jardín en el momento en que Altagracia descubrió a Tikú y caminó hacia él, tapándose la nariz y la boca con el reboso, para decirle que había oído decir al patrón que ya esperaban ese incendio, que estaban seguros de que lo habían provocado los del Gremio de Cafetaleros, que querían acobardarlos para que dejaran de exportar a Estados Unidos, pero que ella y todos sabían que habían sido los hijos del volcán; todo eso le dijo Altagracia sin hacer ni la más mínima alusión a lo que había pasado no hacía ni una hora en casa de la Virreina, se lo dijo como si nada de aquello hubiera sucedido. Tikú sabía que tenía que irse de ahí antes de que yo lograra hacer cuadrar la historia, incluso antes de que regresara del incendio, por Altagracia ya no sentía más que desprecio así que, aprovechando que su padre estaba conmigo, fue a su casa a recoger algunas cosas y se echó a caminar; ya no tenía nada ahí, o eso era lo que él creía, no sabía que mi hermana no le quitaba los ojos de encima, que lo estuvo viendo con ansiedad hasta que se perdió de vista porque tenía un mal presentimiento, al ver que se iba supo, no sabía cómo, que no volvería a verlo, que ese hijo suyo al que había renunciado se iba para siempre, que nunca sabría que ella era su madre, que su madre no había muerto ahogada como le habíamos hecho creer, ni que el caporal se había hecho cargo de él porque papá y yo se lo habíamos pedido, se lo habíamos exigido: si quieres seguir siendo mi caporal, le había dicho papá, te haces cargo del niño y no le vuelves a poner a mi hija los ojos encima; nada de eso sabía ni sabría nunca Tikú; se fue de la plantación seguro de que no dejaba nada atrás, pero nosotros sabíamos que no era así: dejaba todo lo que era y todo lo que podía haber sido porque, a partir de entonces, su vida comenzó a desembocar en lo monstruoso. Esa misma noche, cuando finalmente logramos controlar el fuego, regresé a la casa y encontré a mi hermana devastada por su presentimiento. No te preocupes, le dije, ya verás como mañana aparece por aquí, como si nada. Yo sabía que eso no era verdad y me arrepentí otra vez de no haberlo llevado a tiempo con el doctor Demeneghi, y de no haberles contado, a papá y a ella, lo que había pasado con el Miguelón, pero ya era tarde, contarlo no tenía ningún sentido, o quizá sí pero no lo hice.

De todas formas unas semanas más tarde fui a Orizaba a ver al doctor Demeneghi, a veces pensaba que Tikú iba a regresar y que yo tenía que estar preparado para ayudarlo; solo la Chamana y yo sabíamos que él había matado al Miguelón, y que había sido él quien le había prendido fuego al cafetal, así que le sería muy fácil reinstalarse en La Portuguesa. Pero la mayor parte del tiempo pensaba que Tikú no iba a volver, y lo mismo le pasaba a mi hermana, que durante casi un mes no salió de su habitación, languidecía deprimida al tiempo que tiranizaba a las criadas para que le sirvieran las tres comidas en la cama y le llevaran palanganas de agua caliente para asearse ahí mismo. Papá no decía nada; una sola vez dijo, como si se tratara de un comentario casual, como si pensara en Tikú solamente en términos utilitarios: este malagradecido no puede dejarnos con los gastos hechos. Un día, como digo, fui a contarle al doctor Demeneghi lo que había pasado, me recibió en una cafetería, cerca de su consultorio y atendió sin abrir la boca todo lo que le dije; me quería ayudar, papá lo había socorrido una vez que tenía líos de dinero y él había quedado eternamente agradecido con la familia, mi hermana iba a verlo cada vez que la depresión la arrinconaba, y una vez le habíamos pedido que fuera a la plantación a revisar a un jornalero que se había golpeado fuertemente la cabeza y se había quedado amnésico. Le conté, lo mejor que pude, la secuencia de los hechos, le conté que la voz de adentro le había ordenado matar a machetazos a la vaca y años después le había ordenado matar al Miguelón con una piedra y que también le había ordenado que prendiera fuego al cafetal. ¿Fue el caporalito?, preguntó sorprendido el doctor Demeneghi, el incendio de La Portuguesa había salido en el periódico y la nota no aclaraba quién había sido el responsable del siniestro. Le dije al doctor que nadie más sabía de eso que le estaba contando y le rogué que fuera discreto. Por todo eso que me cuentas, dijo, se trata de un delirio paranoide, un desajuste en la cabeza con el que la pobre criatura vino al mundo, porque la voz, según me dijo alguna vez tu padre, le habla desde chiquito, ¿no?, dijo el doctor mientras servía un chorro de anís en su taza vacía. Luego continuó: hay quien en lugar de una voz que le habla escucha otro tipo de ruidos dentro de su cabeza, y hay también, dijo antes de beberse de golpe el anís que había servido, quien en lugar de oír cosas las ve, puede sufrir alucinaciones visuales en lugar, o además, de las auditivas, puede ver a personas que no conoce o que son parte de su familia, y puede incluso hablar con ellas, sentarse a la mesa o meterse a la cama con ellas, la cabeza es un misterio insondable, dijo, y después levantó la mano para pedirle al mesero otro café, ¿quieres algo más?, me preguntó. Dije que sí, que otro café, y le pregunté si la voz eventualmente desaparecía. Puede ser, dijo, pero también puede ser que no se vaya nunca, o que empeore y, en todo caso, la única forma de controlar ese delirio es con una buena medicación. ¿Sabes dónde está el caporalito?, preguntó. No tengo ni idea, le dije. Luego se interesó por mi hermana, la depresión que le curaba desde hacía años tenía que ver invariablemente con su hijo. Dile que venga a verme cuando quiera, dijo el doctor Demeneghi y luego se bebió de un trago el café que le quedaba en la taza y se despidió.

San Juan el Alto

Uno de sus maestros le había hablado de la escuela de San Juan el Alto, un proyecto nuevo que lleva un amigo mío, le había dicho, un proyecto con un importante espíritu social, especificó y luego añadió: tu padre no tuvo ninguna educación y tú has conseguido erradicar esa desventaja, tu deber ahora es enseñar, repartir tu privilegio, le había dicho precisamente unos días antes del incendio, justamente cuando su vida viraba hacia lo desconocido. Así que cuando Tikú se fue de La Portuguesa no tuvo ninguna duda, aunque también es verdad que no tenía otra opción; emprendió el largo camino a San Juan el Alto, un pueblo que estaba encaramado en las faldas de la Sierra Madre, bajo la imponente tutela del volcán. Al final de la calle, o en un hueco entre dos casas, aparecía de pronto el gigante nevado, al que nadie se acercaba porque había que remontar toda la sierra y cruzar las zonas ocupadas por la guerrilla de Abigail Luna y las rutas que usaba el narco para articular sus operativos y, por si eso fuera poco, más arriba, pegados al volcán, como si fuera la corte que lo protegía, estaba esa tribu de salvajes que todos preferían tener muy lejos. Tikú se arregló inmediatamente con el responsable de la escuela, que era un maestro sin mucha vocación, al que no se le veía por ningún lado el espíritu social que le habían contado y que gestionaba descuidadamente esa concesión que le había hecho el PRI, para que mantuviera controlada a la población joven, que enseñara algo pero no mucho, queremos educar, le había dicho en su momento el enviado del partido, no alimentar las filas de la oposición, cosa que él había asumido con naturalidad. No pensé que fueras a venir, le dijo a Tikú el responsable muy sorprendido, aquí no viene nunca nadie, aquí se acaba el Estado porque más arriba manda el hampa, dijo y luego tosió ruidosamente, quizá para matizar el despiadado comentario que le había hecho al recién llegado. Pero a Tikú le importaba poco quién se escondiera en la montaña porque él mismo había llegado a San Juan huyendo del destino que otros le había trazado; así que aceptó lo que le ofrecieron en la escuela, el puesto de maestro de todo el que quisiera instruirse, y luego fue a acomodarse a una casucha que le alquiló el mismo responsable, una vivienda a medio construir que colindaba con el mercado y que tenía un camastro, un escritorio y una silla para sentarse a planear sus clases, y un baño que en realidad era un habitáculo contiguo donde había un lavabo despostillado y un agujero fosco lleno de moscas, un entorno a contrapelo en el que comenzaba su nueva vida, que lo hizo sumergirse en el recuerdo melancólico de su baño en La Portuguesa; incluso creyó ver un signo ominoso en ese agujero fosco, una alegoría de lo que podía tenerle reservado el futuro si se descuidaba, si no hacía un esfuerzo continuado para salir adelante, para salir de verdad del círculo perverso en el que estaba atrapado desde el día de su nacimiento, como si el futuro de uno dependiera exclusivamente del esfuerzo que se hace para que no se tuerza, para que no te descabalgue y después te pase por encima. Más tarde, ya más animado, ya con la alegoría del agujero fosco diluyéndose en las expectativas que era inevitable ir teniendo, se recorrió San Juan el Alto de arriba abajo, vio la iglesia, la Sala Philips, el dispensario médico y la cantina, y todo el tiempo sintió de la gente una indiferencia que entendió como un recibimiento en toda regla; en un pueblo tan chico todos sabían quién era y qué hacía y por tanto no había necesidad ni de presentarse ni de decirse nada, le quedaba claro que las expectativas eran solo suyas y no de los sanjuanenses, que lo miraban como si fuera un fantasma, lo miraban sin verlo, lo miraban como si todavía no hubiera llegado al pueblo o como si ya se hubiera ido. Eso iba pensando mientras caminaba por San Juan, pero se equivocaba: la indiferencia de la gente del pueblo era más bien temor y se debía a que el maestro de turno era normalmente una molestia, era el elemento discordante que, según las palabras del cacique Lucio Intriago, llenaba de ideas a la borregada, y si algo estaba mal visto por el cacique, lo estaba por todo el pueblo, no había quien discrepara ni quien levantara la voz; contra esa animadversión no lo previno el responsable de la escuela pero, aunque lo hubiera hecho, a Tikú tampoco le habría importado, le quedaba muy claro que él ya había sobrevivido a otro cacique en la plantación que, según la perspectiva que tenía de su vida anterior, lo oprimía después de haber oprimido a sus ancestros, eso iba diciendo por ahí entonces el malagradecido de Tikú y, la verdad, no sé si a esas alturas, recién llegado, sabría que en ese pueblo mandaba Lucio Intriago, a quien conocía perfectamente porque aparecía con cierta frecuencia en La Portuguesa, para negociar el precio de la leche, del café o de los caballos y a veces hasta negociaba con el caporal; por supuesto que Tikú debió haberlo reconocido en cuanto lo vio o le hablaron de él, como también es seguro que el cacique no lo reconoció cuando tuvieron el enfrentamiento que contaré más adelante, eso es al menos lo que Lucio me dijo, lo que años más tarde me juró y me perjuró.

Al día siguiente, Tikú conoció a sus alumnos, un grupo variado de chicos donde había desde niños pequeños hasta jóvenes de catorce o quince años que podían compaginar las clases con las labores de ordeño, estiba y pastoreo que hacían en la lechería. Lucio Intriago había heredado el negocio de su padre, que era bastante mayor que el mío, un inmigrante español como todos los terratenientes de la zona, que cincuenta años atrás había puesto a producir un establo de vacas y que, ya para la época en la que Lucio había tomado el mando, tenía plantíos y árboles frutales y un sistema de cuadras que abastecía de caballos a toda la región. La mayoría de la gente de San Juan trabajaba en la lechería, el pueblo era en realidad la excrecencia del negocio de los Intriago, de Lucio que era el listo y de su hermano Medel que era, según decían, un poco idiota, y si el responsable del colegio hubiera sido honesto con Tikú, le habría dicho, además de aquello de que más arriba mandaba el hampa, que en ese pueblo no se movía la hoja de un árbol si el cacique no daba su visto bueno.

El primer día de esa nueva vida que él entendía como el principio de su libertad, lo despertaron los gritos de los changos que estaban arracimados en el árbol de enfrente, un zopo frondoso desde cuyas ramas podían lanzarse, con un salto prodigioso, sobre los desperdicios que producía continuamente el mercado. Más tarde, mientras caminaba rumbo a la escuela, media docena de changos lo fue siguiendo por las copas de los árboles, lo fue hostilizando hasta que se refugió dentro del salón donde ya lo esperaba ese grupo variopinto de chicos. Como no había programa, y al responsable le bastaba con tener a los alumnos entretenidos, lejos del guarapo y de las putas y los maricones del mercado, se puso a enseñar lo que a él le hubiera gustado aprender en la escuela: se dedicó a hablar durante los siguientes meses de los otomíes, de los totonacas, de los nahuas, de los olmecas, se puso a hablar de Xólotl, el dios del fuego, de la Chalchiuhtlicue y de la diosa lunar Mayahuel, y de Tonacateuctli y de Quetzalcóatl y de Yacatecuhtli, y se puso hablar de cómo esos dioses y esos pueblos estaban siendo diezmados por los poderes políticos y económicos, por los extranjeros que lo tenían todo gracias a que ellos no tenían nada. La idea general que cruzaba cada día ese salón de clases era que la conquista del México indígena no había terminado, había comenzado con el desembarco de Hernán Cortés y seguía vigente hasta ese día, hasta estas alturas del siglo XX, decía Tikú enfáticamente. Luego invitaba a sus alumnos a no distraerse, a no permitir que los siguieran conquistando y, sobre todo, que no los humillaran, que no los hicieran menos, que no les quitaran su dignidad.

Más tarde Tikú empezó a relacionarse con Lidia, una mujer de ímpetu subversivo que un día, sin venir a cuento, se había metido al salón donde él daba clase y al cabo de quince minutos ya lo estaba interpelando, opinando con dureza sobre la forma en que enseñaba a sus alumnos. A él no le hizo gracia la irrupción de aquella intrusa y hasta le había pedido, sin mucha energía, que abandonara el salón, pero más tarde, en una larga y sintomática conversación, habían descubierto una afinidad mutua muy profunda. Poco a poco Lidia se había ido acomodando, por temporadas, en la casucha que él ocupaba junto al mercado, al pie del zopo y a merced de los gritos de los macacos. Esa vida de autonomía lejos de la plantación lo hacía pensar que había escapado del círculo perverso que lo condenaba a la servidumbre y que la voz de adentro se había ido para siempre; creía que fuera del microcosmos opresivo de La Portuguesa el rumbo de su existencia había cambiado radicalmente. Lidia no solo comenzó a compartir su vida y su cama, también se las arregló para convencer a Tikú de que la dejara hablar algunos días, formalmente y no ya de manera casual, con sus alumnos, para añadir otro punto de vista al grupo, una situación irregular ante la que el responsable, sin interesarse siquiera por los temas que se trataban en el salón, consideró que si el resultado era que los chicos aumentaban sus horas de clase y se mantenían lejos de los peligros del pueblo, poner objeciones era una rotunda insensatez.

Lidia iba mucho más lejos que Tikú, lanzaba a sus alumnos discursos incendiarios contra el abuso y la desigualdad que habían llegado ya a oídos de Lucio Intriago y habían sido objeto de esos comentarios amenazantes que el cacique iba lanzando cada vez que pasaba por la iglesia, o por la cantina, o por la Sala Philips; las clases de Lidia ya habían sido calificadas como reuniones de comunistas, como avisperos, como cónclave de resentidos, como el embrión de la próxima revuelta que él mismo, personalmente, decía exaltado el cacique, iba a tener que sofocar.

Tikú había tardado meses en enterarse de que esa mujer de ímpetu subversivo era una de las lugartenientes de Abigail Luna; Lidia se había presentado como socióloga, le contó que estaba haciendo un trabajo de campo con los jóvenes de los pueblos de la selva, estaba convencida de que la clave era la educación y pretendía establecer las bases de un sistema que se adecuara a la miseria de esa zona de Veracruz; quería evitar que los jóvenes repitieran el patrón de vida de sus padres, que empezaban a trabajar muy pronto y a gastarse el dinero en beber guarapo, luego embarazaban a una mujer y enseguida tenían más hijos e ingresaban en eso que ella llamaba el alcoholismo mimético, una espiral cuyas puntas eran el trabajo y la familia sostenida por cantidades oceánicas de guarapo, que al final terminaba en una muerte trágica y prematura, en una bronca con armas, en un despeñamiento, en un traspiés fatal en el momento en que pasaba, a toda máquina, el ferrocarril de México; todo de manera teórica, claro, decía ella, por eso estaba ahí, para contrastar sus ideas con la realidad de la selva. Lidia aparecía intempestivamente en su cama y en la escuela, hablaba a los alumnos de la historia del país, tenía las mismas inquietudes que Tikú, pero ella atacaba el conflicto desde otro punto de vista y con un tono menos comedido; no era de ahí, había llegado de la capital, le importaban poco los códigos, las convenciones, las reservas con las que se debía hablar de ciertos temas, los velos, los matices, los disimulos que debía poner en práctica, lo taimado, lo ladino, todo eso que él observaba por haber nacido en esa selva y que ella pasaba por alto porque prefería el lenguaje directo a las alusiones y las alegorías que usaba él, sus barroquismos, decía ella, le parecían pura hipocresía y una pérdida de tiempo. Y la cosa no va a cambiar si nosotros no hacemos que cambie, decía Lidia a los alumnos, y el nosotros quedaba raro porque ella era una chica rubia de ojos claros, que había crecido en un barrio rico de la Ciudad de México, y había estudiado con las monjas y luego sociología en la UNAM. Quedaba raro porque en la división del mundo que planteaba con sobrado ardor, en donde estaban de un lado los indios explotados y de otro los blancos explotadores, ella pertenecía evidentemente a la clase de los explotadores. Queda raro cuando dices nosotros, le decía él, y Lidia se enfurecía, lo llamaba racista, lo hacía ver que apuntarse a la causa indigenista siendo indio no tenía ninguna gracia, que tenía mucho más mérito comprometerse, como era su caso, si se venía de la clase privilegiada, y aprovechaba para

132

decirle, cada vez que llegaba la discusión a ese punto, una cosa que nadie le había dicho nunca a Tikú, ni en la escuela ni en la plantación, ni nosotros, desde luego, porque teníamos un secreto que para preservar el honor de mi hermana no debíamos revelar; nadie se lo había dicho nunca porque ser indio en los pueblos de la selva es una condición total, basta ser un poco indio para serlo del todo, hay blancos e indios y lo demás no existe, hay los que tienen dinero y los muertos de hambre, los que lo tienen todo y los que no tienen nada, no hay escalas, no hay matices, no hay piedad; nadie le había dicho nunca eso a Tikú hasta que Lidia, con sobrada malicia, se lo empezó a decir. Cada vez que llegaban a ese punto, le decía: además, tú ni eres tan indio, seguro que tu mamá era blanca, y Tikú se quedaba descolocado, no decía nada, no podía, su madre era una mujer que se había ahogado en el río, eso era lo que él sabía, había crecido y se había hecho adulto alrededor de ese hito; él era eso: el hijo de una mujer ahogada. Y después Lidia seguía, mi padre es un explotador, decía, es un cabrón que paga sueldos miserables a sus trabajadores, que evade impuestos, que trata despóticamente a las sirvientas, a los mozos, a los choferes, y que es incapaz de donar dinero a la gente que lo necesita o de dar una caridad a alguien que se lo pide en la calle. Nuestra lucha es contra los culeros que son como mi papá, decía Lidia, contra los explotadores de su clase, estoy renegando de mi cuna, ¿y tú vienes a quejarte de que no soy indita y a decirme que por no serlo no puedo interesarme en los problemas de esta pobre gente?, argumentaba Lidia cuando él cuestionaba ese nosotros tan chocante que usaba.

Si tanto te molesta, no regreso, le dijo una vez harta de que él le hiciera ver nuevamente lo mismo, me voy a la escuela de El Naranjo, o a La Toña o a Potrero Viejo, donde hacen falta maestros, y donde los esfuerzos que hacen los tránsfugas sociales como yo no son permanentemente cuestionados por los guardianes de la esencia indigenista, como tú que, por cierto, ni eres tan indio. No te pongas así, le decía él, y no te vayas, le pedía, porque ya para entonces estaba enamorado de ella, tanto que ya empezaba a contrariarle que desapareciera una semana, o dos, en esas misiones educativas que la traían de pueblo en pueblo. Eso era lo que ella le decía al principio de la relación, porque no podía contarle en lo que de verdad andaba metida, que era la guerra de guerrillas en la sierra, con las huestes del famoso Abigail Luna, un marxista de órbita propia que desde los años sesenta asolaba los pueblos de por ahí y cuando daba un golpe muy sonado aparecía en los noticiarios de televisión y en los periódicos de todo el país; pero como no había pietaje ni material fotográfico reciente, Abigail aparecía siempre joven y atractivo, como un Che Guevara rubio; así lo definía un documental que había hecho en esos años la televisión francesa y cuyas imágenes seguían sirviendo para ilustrar sus trapacerías en la prensa nacional.

Un día Lidia llegó de sus supuestas clases por los pueblos de la selva con una voluminosa mochila llena de armamento, pistolas, granadas y material para fabricar artefactos explosivos; tengo que contarte algo, le dijo, y después le explicó lo de su participación en la guerrilla de Abigail Luna, que era una cosa eventual mientras completaba su trabajo de campo.

La guerrilla era el brazo armado de su investigación, le dijo queriendo ser graciosa y él la miró con mucha seriedad, estaba enamorado y meterse en líos con la guerrilla le parecía menos gravoso que perderla; inmediatamente se había colocado en la misma posición temeraria que había adoptado frente a las clases explosivas de su novia, que ya empezaban a hartar a Lucio Intriago y, como consecuencia, habían hecho que el cacique trajera también al maestro entre ceja y ceja, a Tikú, que Lucio no relacionó nunca con el Tikú de La Portuguesa hasta que fue demasiado tarde. Pero él no alcanzaba a ver más allá del sexo de Lidia, no quería hacerlo y cuando ella apareció con la bolsa de armamento lo único que de verdad le preocupó fue la forma en que hablaba de Abigail Luna, ese guerrillero que era joven y guapo en los años sesenta pero que ya para entonces tendría que ser un viejo, le dijo a su novia con esa fórmula que en realidad parecía una súplica para que lo tranquilizara, para que le dijera: no seas tonto, Abigail es un anciano y yo no te quiero más que a ti. Pero Lidia no lo tranquilizó, se quedó en silencio y enseguida le dijo: ahora que lo sabes no podremos vernos más, le advirtió con una calculada teatralidad, y después añadió, a menos que quieras unirte a nuestra célula. La verdad es que los fundamentos de la historia de Tikú daban por sí solos para echarse al monte. Lidia hablaba en sus clases de cómo el pueblo indígena había sido pisoteado primero por los conquistadores y luego por poderes sucesivos como los terratenientes o los políticos locales, y él le contaba, durante sus noches de sexo y conversación interminables, que su infancia y juventud habían transcurrido precisamente bajo la explotación de los españoles, que si estaba buscando un ejemplo vivo de lo que ella predicaba, ahí lo tenía a él. Ya lo sé, decía Lidia, le he hablado a Abigail de ti y está dispuesto a recibirte, un día de estos te digo y me acompañas a la sierra, para que hables con él, elementos como tú es lo que hace falta a nuestra célula, elementos con la herida abierta como tú, con la herida sangrante, le decía Lidia mirándolo con una intensidad que lo ponía nervioso, aunque también esa misma intensidad lo ponía caliente, lo hacía desear con desesperación estar todo el tiempo dentro de ella.

Así que Tikú supo un día lo que ya todos sabían en San Juan el Alto, que Lidia era guerrillera; quizá por eso Lucio Intriago no hacía nada para detener sus arengas en clase, no hacía más que ir ventilando por ahí la molestia que le producían, probablemente no quería enemistarse con el viejo guerrillero, que podía bajar cualquier día de la sierra a quemarle la lechería. También había por ahí, yendo y viniendo, escondiendo cosas y a veces personas que secuestraban, otros miembros notorios de la célula; el pueblo era un territorio seguro porque ahí vivía la madre de Abigail, y cada vez que llegaba la policía o el ejército a querer echarles el guante a los guerrilleros, el pueblo los escondía, los negaba, no solo por miedo a la reacción de Abigail, sino también porque consideraban que la guerrilla reivindicaba causas justas, golpeaba a los ricos y a los poderosos, cuyos aliados eran precisamente el ejército y la policía.

Una noche, después de coger largamente al ritmo de los monos que aullaban de calor en las ramas del zopo, Lidia le dijo que se iban a la sierra, que quería presentarle a Abigail, que él era el elemento que la célula necesitaba, le dijo otra vez. Estoy lejos de ser un guerrillero, soy maestro de escuela, argumentó Tikú súbitamente acobardado por el proyecto de subir a la sierra a pegar tiros, pero a la vez atraído por la idea de irse con ella a luchar por un mundo más justo. No te preocupes, le dijo Lidia, podrías seguir enseñando, la guerra de guerrillas no se hace solo con las armas, buscamos gente con una conciencia social indestructible, una calidad que tú sin duda tienes, elementos como tú es lo que hace falta a nuestra célula, elementos con la herida abierta, con una herida sangrante como la tuya, dijo otra vez Lidia con mucha solemnidad, y luego se rio, estaba un poco borracha porque celebraba la víspera del viaje conjunto a la sierra con unas botellas de cerveza. Pero a la mañana siguiente Tikú se acobardó de verdad, le dijo que prefería pensarlo mejor, que no quería llegar a la célula con dudas e indecisiones que terminaran convirtiéndolo en un elemento peligroso, que quería estar completamente seguro antes de dejar la escuela y su plaza de maestro. Lidia se quedó sorprendida con el cambio de planes; no sé si volveremos a vernos, dijo, y luego sonrió con una tristeza que anunciaba el final de esa historia.

Muchos años después, cuando la ira de Lucio Intriago terminó confinándolo a la parte alta de la sierra, Tikú todavía fantaseaba con la idea de encontrarse a Lidia en los largos recorridos que hacía de una trampa a otra; en su imaginación se veía salvándola del acoso de los hijos del volcán, o consiguiéndole un escondrijo para que no la atrapara el ejército, o ayudándola a desertar de la guerrilla de Abigail Luna, para irse finalmente a vivir con él.

Tikú ignoraba que cuando Lidia desapareció de su vida, Abigail comenzaba ya a entrar en una espiral descendente, llevaba cuatro décadas haciendo la guerrilla en la sierra de Veracruz y eso era mucho tiempo; durante los primeros años su acción armada tenía al gobierno mexicano metido en un aprieto, fracasaban todos los comandos que enviaba el ejército para atraparlo y la gente de los pueblos de la selva lo veneraba, lo ayudaban a ocultarse, daban pistas falsas a los soldados, porque Abigail les daba dinero para que hicieran mejoras en sus pueblos, para poner una cañería, o pintar la escuela, o techar una zona desguarnecida del mercado; también daba dinero a la iglesia, era un descreído y poco piadoso con sus enemigos, pero le quedaba muy claro que era importante tener a los curas de su parte, los curas controlaban al rebaño y no condenaban las escabechinas que montaba la guerrilla, se hacían de la vista gorda, les parecía que la ayuda material que les daba Abigail para sus parroquias tenía más importancia, más continuidad y más impacto social y, por otra parte, ¿quién iba a meterse desde el púlpito con el guerrillero más sanguinario del país? Durante muchos años, Abigail había sido en esa región de Veracruz, primero y ante todo, el benefactor de los pueblos de la selva, había sido incluso el defensor, en más de una ocasión él y sus guerrilleros se habían enfrentado al ejército, a la policía municipal, a los guardias de algún cacique que abusaba de su poder. Abigail robaba a los que tenían para darle a los desposeídos, así lo había conocido Lidia, impartiendo de esa forma la justicia social, y se había sentido tan seducida por la figura del guerrillero, y por su fórmula para equilibrar la economía de la zona, que decidió pasar por alto los excesos, a veces verdaderas carnicerías, que coronaban de vez en cuando las acciones guerrilleras de la célula, pues aquel procedimiento salvaje tenía una consecuencia sublime, sostenía Lidia desde el maquiavelismo, era como si la sangre que derramaban los inocentes, le dijo una vez a Tikú, en un momento de exaltación del que inmediatamente se arrepintió, se convirtiera en el abono para una vida más digna de la colectividad. Pero en los últimos tiempos la guerrilla de Abigail había perdido terreno en el ámbito social, el narco que estaba instalado en varios puntos estratégicos de la sierra se había convertido también en proveedor de los pueblos de la selva, con el mismo peaje sangriento que imponía la guerrilla pero, como argumentaba cada vez con más vehemencia Abigail, vendiendo un producto que hacía daño a la población, la embrutecía y encima reclutaba a los jóvenes para distribuir sus drogas, y aquello era como enviar el futuro de la región al matadero. La irrupción del narco en la sierra, además de que diezmó el aura benefactora de los guerrilleros, sirvió para esclarecer una evidencia incómoda: la lucha armada por una sociedad más justa, por un mundo mejor, había dejado de tener sentido, cuarenta años más tarde todos se daban cuenta de que la guerrilla no había mejorado nada en la vida de la gente común, proveían irregularmente, subsanaban carencias puntuales, la ayuda destinada a la colectividad deslucía a nivel individual y además la violencia del narco terminó generando un curioso efecto, el de poner de relieve la violencia de los guerrilleros, el de criminalizar esa violencia al equipararla con la que ejercían los narcos, los zetas y demás grupos mafiosos que operaban en la sierra. Unos años después de que Lidia desapareciera de la vida de Tikú, el declive afectivo del pueblo frente a la guerrilla empezó a coincidir con la decadencia física de Abigail, se convirtió paulatinamente en una vieja gloria cada vez más cuestionada por la gente, pero también por sus propios hombres, a ninguno se le escapaba que sus operaciones eran cada vez más sangrientas y más arbitrarias, parecía que con las fuerzas menguadas el viejo guerrillero ya era incapaz de mantener a raya a sus demonios, el uso excesivo de la fuerza se convirtió en su seña de identidad en la parte final de su caudillaje; su debilidad y su decrepitud obraban en sentido contrario: redoblaron su vena sanguinaria. También era cada vez menos claro el destino que tenía el dinero que robaban a los ricos y a eso se añadía una serie de viajes que levantaron sospechas, expediciones a visitar otros focos guerrilleros para intercambiar pareceres, para hacer la panguerrilla, decía Abigail con un gesto de viejo loco, y en esa misma época tampoco ayudaría a su maltrecha imagen una declaración del subcomandante Marcos, que diría frente a un grupo de periodistas, en un acto zapatista en Ocosingo, que la lucha de Abigail Luna en la sierra de Veracruz, que en un tiempo había sido necesaria, se había quedado un poco trasnochada, ahí situaría el subcomandante la gesta de Abigail, en el trasnoche, como diciendo que todo aquel despliegue guerrillero ya no tendría que estar sucediendo, que aquella lucha ya no tenía razón de ser. Hasta el campamento de la sierra llegaría una hoja de periódico, plegada varias veces sobre sí misma en el bolsillo de alguno de los hombres del guerrillero, con la noticia de la declaración del subcomandante, y pasaría de mano en mano como el acta de la decadencia definitiva de aquel proyecto que tenía ya demasiados años. El último campamento de la sierra, una instalación de naturaleza eventual, se quedaría demasiado tiempo en el mismo sitio, como la viva metáfora del anquilosamiento. Quería decir que Abigail y sus hombres ya no eran una amenaza para el Estado, el líder ya no era capaz de organizar una revuelta, sus acciones quedaban circunscritas al delito vulgar, aquella banda de insurgentes enemigos del poder institucional y de las clases dominantes parecía a esas alturas una pandilla de asaltantes, habían perdido ya su aura justiciera, al gobierno ya no le interesaba perseguirlos y el narco los consideraba poca cosa, se convirtieron en un asunto de la policía local, que tampoco pensaba enredarse en la monserga de irlos a atrapar en su escondite en la montaña. El último acto de la guerrilla de Abigail Luna lo mandaría a la historia como un loco sanguinario, como un «General Kurtz», exageraría un diario de la capital, y pasó cuando Tikú llevaba ya demasiados años poniendo trampas en la parte alta de la sierra, y quién sabe si Lidia seguiría formando entonces parte de la célula, o si había caído en combate unos años atrás, o si habría regresado desengañada a la Ciudad de México, a casa de su detestado padre, a rehacer su vida en el círculo social que le había tocado en suerte; esta era la hipótesis predilecta de Lucio Intriago, la rojilla regresó con papi, decía con mucha suficiencia y sin más base que el deseo de que así hubiera sido, sin reparar en que él mismo, y casi todos los que regenteábamos los ranchos y los cafetales de la región, se lo debíamos todo a papi, y ni siquiera nos habíamos aventurado, como Lidia, a experimentar otra realidad.

En ese acto final que ocupó la primera plana de los diarios de la capital, la célula de Abigail se había desplazado más allá de los pueblos de la selva, a La Rebaba, cerca del mar, en plena tierra caliente; ahí vivía una comunidad de musulmanes que habían salido de Irán hacía tres décadas y por alguna razón se habían quedado en ese pueblo, en lugar de seguir su camino hacia Estados Unidos, como era su proyecto original. A los musulmanes de La Rebaba, que eran unas ochenta personas entre hombres, mujeres y niños, los conocían en la zona como los infieles y corría el rumor de que eran ricos. Basado en ese dato peregrino Abigail había planeado un golpe en esa comunidad, que estaba muy lejos del campamento guerrillero y esto tenía la ventaja de que sería una operación limpia, sin repercusión social en los pueblos de la selva, que en los últimos tiempos, entre los ataques de la guerrilla y los del narco, vivían un infierno permanente y aquella situación no le convenía a nadie; la ruina llegaría, decía Abigail, el día en que el pueblo se volviera contra ellos, entonces les quedaría el ostracismo, decía, la vida de Robinson Crusoe, la soledad hermética y para siempre en la montaña o, lo más digno de todo, el tiro en la sien con la propia mano, decía Abigail con sobrada teatralidad. Aquella vez en La Rebaba se le fueron los pies al líder guerrillero, la operación fue un vulgar atraco, llegaron a despojar a los infieles de su dinero, de sus objetos valiosos, de forma contundente y sin disparar un tiro, de acuerdo con las órdenes de Abigail, pero cuando estaban registrando las casuchas, sin encontrar mucha cosa, él mismo le disparó a un pobre viejo en la cabeza porque creyó ver que sacaba un yatagán, un yatagán que nadie vio aunque Abigail aseguraba haberlo percibido con toda claridad, y luego, enfadado porque ni él ni sus hombres encontraban nada de valor, comenzó a presionar a los infieles, a amenazarlos, empezó a repartir culatazos mientras la gente corría despavorida por las calles terregosas del pueblo, y cuando sus hombres, desconcertados por la deriva de su líder, comenzaron a sugerirle que se tranquilizara, y a hacerle ver que, a pesar del yatagán que había creído ver, toda esa gente era pacífica y estaba desarmada, Abigail, fuera de sí, se puso a disparar a la multitud con la metralleta que últimamente llevaba en lugar del rifle, y provocó la matanza más grave de toda la historia de la región, cuarenta y cinco personas entre hombres, mujeres y niños que cayeron desplomados en el terregal. Nunca se supo nada más de Abigail después de aquel sangriento episodio.

Durante todos los años que vivió en la parte alta de la sierra, Tikú no dejó de pensar nunca en Lidia, y en que quizá hubiera sido mejor para él unirse a la célula guerrillera, en todo caso era tarde ya para lamentar cualquier cosa y también era cierto que después de todo ese tiempo Lidia ya no sería la misma, si es que había conseguido sobrevivir a los rigores de la violencia sistemática y de la vida a la intemperie. También era cierto que él, treinta años más tarde, se había convertido en una criatura completamente distinta, en un espectro greñudo, desdentado y cubierto de pieles que no se parecía en nada a aquel maestro rural de San Juan el Alto que acababa de perder a su novia y que comenzaba a temer que Lucio Intriago fuera a hacerle algo. Aquel temor le había venido después de contemplar a ese hombre que el cacique había amarrado a un árbol, afuera de la lechería, lo había dejado ahí para que se lo comieran los changos, expuesto para que el pueblo calibrara la magnitud de sus escarmientos. Esa misma tarde, después de impartir su clase, Tikú se quedó hablando con tres de sus alumnos sobre las desigualdades sociales que lastraban a los pueblos de la selva, habló de su propia experiencia en la plantación, de su padre, que era el caporal, y de la complicada relación que había tenido siempre con papá. Revelaba esas cosas por primera vez a sus alumnos, seguramente porque el cadáver de Aurelio medio comido por los changos lo había dejado muy alterado, él mismo se había visto ahí amarrado al árbol de pies y manos, como ese pobre diablo que venía a enseñarles a todos los habitantes de San Juan que no podía uno meterse con el cacique sin esperar una venganza brutal que sirviera como ejemplo. Sin poderlo evitar, o quizá lo dijo porque no quería evitarlo, pasó a comparar su historia personal con el caso del desgraciado que esa tarde los ocupaba y, conforme iba desarrollando la comparación, ya se iba arrepintiendo de su imprudencia, pero se consolaba pensando que los muchachos eran de confianza y a veces, como cualquiera de los habitantes del pueblo, también decían sus cosas sobre Lucio Intriago y por esto en ese momento le parecía imposible que el tema saliera de ahí; estaba claro que él y sus alumnos eran cómplices en eso, que estaban del mismo lado, y es probable que incluso haya dicho todo aquello para protegerse, que lo haya dicho en defensa propia, calculó que la confabulación con sus tres alumnos podía brindarle alguna seguridad, de algo sirve que otros sepan que alguien quiere hacerte daño, debe de haber pensado, si hay gente que lo sabe no puede actuarse con tanta impunidad. Lo cierto era que todo el pueblo hablaba de Lucio Intriago, era un tema obsesivo, los que trabajaban para él fanfarroneaban de su cercanía con el hombre fuerte y revelaban cosas íntimas para probarlo, a qué hora se levantaba, qué comía, qué le gustaba ver en la televisión, la vida íntima del cacique era el monotema de San Juan el Alto, no había mucho más de que hablar, ¿a que no saben lo que hizo ora el patrón?, decía alguno de sus trabajadores, el caporal, el responsable del establo, el que manejaba la camioneta del forraje; hacía unos días que Tikú había oído en la cantina al mecánico que arreglaba la maquinaria de la lechería, entre un vaso y otro de guarapo había alardeado de que él de cuatro y media a cinco de la tarde cogía con la administradora, una mulata de buen ver que acaparaba las miradas cada vez que bajaba a San Juan; luego el mecánico había añadido, antes de soltar un eructo estrepitoso, que tenían que coger precisamente en esa media hora porque era cuando el patrón se encerraba invariablemente en su oficina, cada día del año, a contar dinero y a hacer el balance de la lechería; el mecánico había soltado esos datos con una precisión que hubiera puesto a Lucio, un hombre con muchos enemigos y muchas causas abiertas, en estado de alerta.

Tikú pasó las siguientes semanas purgando una creciente angustia; procuró evitar, frente a sus alumnos, el tema del expolio perpetuo de los indios, y en cuanto dejó de hablar de eso que era el gran vector de su existencia, se dio cuenta de que Lucio Intriago ya había empezado a matarlo.

La noche en que los hombres del cacique fueron a sacarlo de su casa, el Vampiro acababa de decirle que Lucio iba a vengarse de todo lo que había dicho en la escuela contra él, contra su familia, contra la lechería, que un día le iban a dar una paliza o lo iban a echar al pozo o a amarrarlo a un árbol como a aquel pobre desgraciado. Al principio Tikú no se lo había tomado en serio, el Vampiro estaba loco, era el lunático que se toleraba porque su comportamiento establecía el último baremo de la comunidad, incluso Lucio le aguantaba sus locuras, cada pueblo necesita su loco, decía, y eso que más de una vez le había tocado poner dinero para reparar algún destrozo, o mandar a uno de sus hombres para que lo rescatara de la comisaría de otro de los pueblos de la selva, porque en la de San Juan el Alto mandaba él y le bastaba una llamada telefónica para liberar a quien quisiera. El Vampiro tenía una locura muy específica que nunca se salía de sus cauces, era perfectamente predecible y por eso se le toleraba, se colgaba del cuello de una vaca, siempre de noche, y cuando estaba bien agarrado con los brazos y las piernas le chupaba la sangre por detrás de las orejas; era un individuo enjuto y bajito, parecía un niño pero pasaba de los sesenta, que en la selva donde todos morían muy jóvenes ya eran muchos años; era un viejo loco que alardeaba de alimentarse solamente de la sangre de las vacas, de ahí le venía el mote que él mismo había elegido, aunque luego se le veía mendigando comida en los puestos del mercado. La gente se reía de él, le decían que los vampiros de verdad tenían los colmillos muy largos para rasgar el cuello de sus víctimas y chuparles la sangre, y él no solo no tenía colmillos, sino que era completamente chimuelo, no tenía ni un solo diente. A media noche se metía en un establo, o traspasaba una alambrada, montaba una vaca y poco a poco, y con gran habilidad, se iba deslizando hasta que quedaba colgado del cuello, efectivamente como un vampiro, y entonces le chupaba la sangre mientras el animal pegaba unos respingos que de milagro no lo mandaban al suelo.

Cuando los sanjuanenses se hartaban de que molestara a sus vacas, el Vampiro se iba una temporada a otros pueblos y así era como llegaba, de vez en cuando, a La Portuguesa, donde también era tratado como el loco oficial, con la misma condescendencia que recibía de todos los habitantes de la región. La verdad es que a mí el Vampiro me hacía poca gracia, no me gustaba que molestara a los animales a esas horas en las que nadie lo veía, y una noche fuimos el caporal y yo a espiarlo al establo, vimos cómo se encaramaba en la vaca y le hacía con una navaja una incisión detrás de la oreja, en la que después se ponía a succionar la sangre. Era verdad que el Vampiro, gracias a la chapuza de la navaja, se bebía la sangre de las vacas, yo lo vi esa noche con toda claridad, cuando terminó se descolgó del animal y, a la luz de la luna que caía sobre el establo, le vi la cara toda manchada de sangre.

Un día hablando con Lucio salió al tema el Vampiro, le dije que no me gustaba que molestara a mis vacas y que la última vez el caporal había estado a punto de correrlo a palos de la plantación, se lo dije porque se sabía que el Vampiro era de San Juan el Alto, y yo me había enterado que era el padre de una de las sirvientas de la casa de los Intriago y que la mujer de Lucio lo protegía, pero ese día también me enteré de otra cosa: había sido un alcohólico lamentable que maltrataba a su mujer y a su hija y desde que, hacía veinte años, se había encaramado por primera vez al cuello de una vaca, no había vuelto a probar el alcohol.

La historia viene al caso porque Lucio Intriago tenía relación con el loco oficial de San Juan el Alto y Tikú no lo sabía, de otra forma le hubiera creído cuando le dijo que el cacique quería vengarse de él, algo seguramente habría oído el Vampiro, algo le habría dicho su hija, el caso es que Tikú no lo tomó en ese momento muy en serio, aunque ya en la noche la advertencia del loco no lo dejaba dormir, daba vueltas en el camastro, se sentía afiebrado y sudaba desmesuradamente, la oscuridad viscosa que había dentro del cuarto estaba embarullada por el escándalo de los grillos, y por los monos que aullaban de calor; Tikú se sentía perdido, a la deriva, la advertencia del Vampiro se enredaba con la ausencia de Lidia, con el vacío de su cuerpo que se había quedado ahí como un abismo en medio del camastro; no alcanzaba a ver Tikú que sin su novia se había quedado a la intemperie, ya no contaba con el aura protectora de Abigail Luna y de haberlo atisbado hubiera salido huyendo de San Juan esa misma noche, y mientras trataba de encontrar el sosiego entre los grillos y el aullido de los monos, un estruendo mayor irrumpió en su cuarto, la puerta voló en pedazos y aparecieron frente a él tres hombres armados que, sin decirle ni una palabra, le embutieron un trapo en la boca, le pusieron una capucha y lo amarraron de pies y manos ahí mismo encima del camastro. Tikú sintió cómo lo cargaron en vilo, lo sacaron de su casa y lo aventaron contra una superficie dura y metálica que, en cuanto se echó a andar el motor, supo que era la batea de una camioneta. Se lo llevaron dando tumbos a las afueras del pueblo, oía la música estruendosa de un radio y las voces y las carcajadas ocasionales de sus secuestradores, sabía perfectamente quién había ordenado su rapto y entre tumbo y tumbo se iba haciendo a la idea de que su final estaba muy cerca, pensaba con intensidad en Lidia, no se había ido con ella por cobarde, por no exponerse a ese tipo de peligro, y ahora entendía, en lo que rodaba de un lado a otro de la batea, que la guerra de guerrillas le hubiera ofrecido un final más benigno que el que le esperaba en el reino de Lucio Intriago. La camioneta se detuvo, alguien le desató los pies, lo obligó a incorporarse y se lo llevó cogido del brazo por un sendero; luego entraron a una casa y ahí le quitaron la capucha, pero no el trapo que le dificultaba la respiración; frente a él, sentado en una mesa larga, estaba el cacique. Supongo que ya sabrás por qué estás aquí, le dijo, mientras terminaba de anotar una cifra en un cuaderno. No me gustan los revoltosos, dijo poniéndose de pie, ni los rojillos que adoctrinan a la juventud de nuestro pueblo, ni tampoco me gustan los hijos de la chingada que andan por ahí diciendo cosas de mí y de mi familia. Si lo hubiera reconocido entonces, si hubiera sabido que el maestro era el caporalito, me juraría y perjuraría años después Lucio Intriago, te lo hubiera mandado de regreso a La Portuguesa en una camioneta. ¿Lo quebramos?, preguntó el hombre que lo tenía cogido del brazo. No, dijo el cacique, no vamos a hacerle ese favor, mejor tíralo al pozo, eso es lo que merece este pinche indio muerto de hambre, morirse de hambre.

Una nube de moscas se movía alrededor de su cuerpo. Tenía la ropa manchada de barro y de sangre seca. Un pájaro grande y negro, un picho, picoteaba la reja de fierro que cubría el pozo. Tikú se puso de pie y sintió un mareo que lo llevó de regreso al suelo; le dolían todos los huesos y tenía detrás de la cabeza una herida palpitante, abultada por un lodillo sanguinolento. Gritó una, dos veces, luego siguió desgañitándose pero nadie se asomó, afuera no se oía más que el rumor de la selva, los gritos aislados de los macacos y el zumbido de los insectos que reverberaba en la maleza como un tendido eléctrico. El picho se fue, aleteó ruidosamente y voló hasta la rama de un guapaque. Las moscas se le iban posando en la ropa, en las manos, en la cara, en las botas; lo último que recordaba era el ruido del golpe que le habían dado en la cabeza. El fondo de ese pozo inmundo olía a cieno y a estiercol, no sabía cuánto tiempo llevaba ahí, tenía hambre y mucha sed, era de día, muy temprano en la mañana según pudo calcular; podía haber pasado una noche, dos a lo sumo, no más, se sentía aturdido, desorientado, ¿por qué estaba encerrado en el pozo?, ¿iban a dejar que se muriera ahí de hambre y de sed?, ¿iban a regresar por él para amarrarlo a una ceiba y que lo desollaran los monos? Pensó que en todo caso alguno de los hombres de Lucio Intriago tendría que ir a comprobar si seguía vivo, no era costumbre del cacique dejar las cosas a medio hacer. Un gruñido lo expulsó de sus cavilaciones, el ruido nasal hosco y entrecortado de un jabalí que lo observaba y trataba de identificar el aura que despedía, el olor a sangre revuelta con cieno y estiércol, el olor a cuerpo herido, a presa diezmada y disponible para las fieras de la selva. Los gruñidos y la excitación del jabalí llamaron a otros dos y pronto se convirtieron en seis bestias que gruñían y trataban de meter la cabeza por los huecos de la reja, babeaban copiosamente y los colmillos, al chocar contra el metal, producían un punzante fragor. Tikú los contemplaba desde el fondo del pozo, los jabalíes no podían hacerle nada, lo protegía la misma reja que le impedía salir pero, de todas formas, lo atemorizaba la manera en que gruñían, su insistencia en meter los hocicos por los huecos, la trompa, los colmillos, los goterones de babas que caían al suelo y que lo obligaron a situarse en el centro del pozo para que no le cayeran encima; como si las babas de esos animales desesperados fueran a mancharlo más que el cieno y el estiércol y la sangre que ensuciaban sus ropas. La situación empezó a preocuparlo, los separaba una sólida reja de hierro, pero la excitación de los jabalíes parecía una fuerza difícil de contener, ya los veía capaces de echar la reja abajo y la sola idea de vérselas ahí con esa manada de bestias le infundió verdadero miedo; incluso pensó que esa multitud de animales hambrientos era obra de Lucio Intriago, tenía su sello, a su enemigo anterior lo habían desollado los changos y parecía bastante consecuente que él también fuera destazado por una turba de fieras. Uno de los jabalíes trataba de meterse con tal ahínco que comenzó a hacerse un boquete por debajo de la reja y, al cabo de un minuto, ya había pasado la cabeza completa y, unos instantes después, ya se desmoronaba la tierra que caía en una cascada dentro del pozo, caían piedras y trozos grandes de légamo y, a medida que el jabalí se escurría por el agujero que escarbaba rabiosamente con las patas delanteras, movía también la reja, la deslizaba hacia uno de los extremos. Pronto llegó el momento en el que se formó un hueco suficientemente amplio para que el jabalí metiera el cuerpo, y se dispusiera a saltar al interior del pozo; profería unos amenazantes gruñidos que intimidaron todavía más a Tikú, aunque parecía imposible que se atreviera a saltar, era un ejemplar de doscientos o trescientos kilos y el pozo tenía cuando menos tres metros de profundidad; pensó que no saltaría pero de todas formas cogió un palo grueso que había caído dentro y localizó una piedra que había llegado con el desmoronamiento de la tierra. De pronto, quizá porque perdió el equilibrio, el animal cayó de manera dramática dentro del agujero y produjo un ruido horripilante que lo hizo pensar, con cierto alivio, que el batacazo lo había dejado herido de muerte, o siquiera malherido; el resto de los jabalíes gruñían desesperados, parecía que alentaban, con sus hocicos babeantes metidos en los huecos de la reja, al intrépido que se había despeñado dentro del pozo. Tikú empezó a inquietarse con la posibilidad de que se les ocurriera arrojarse por el agujero que había abierto el otro, pero no fue así, cada uno seguía metiendo el hocico por el hueco que le tocaba, no relacionaban el boquete con el jabalí que yacía en el fondo del pozo y que de pronto se levantó; no estaba herido de muerte, ni siquiera estaba malherido y de un momento a otro se puso a encarar a Tikú; estaban los dos encerrados, uno a merced del otro en ese espacio reducido que no permitía muchas maniobras, el jabalí lo encaraba pero se le veía aturdido, no se animaba a echársele encima, solo lo miraba fijamente mientras liberaba un gruñido lastimero; él supo que si no aprovechaba el desconcierto del animal estaba perdido, así que le dio en la cabeza con el palo que traía en las manos, con todas sus fuerzas, una, dos, tres veces, mientras los jabalíes que lo observaban desde arriba chillaban enfurecidos pero, cuando iba a golpearlo por cuarta vez, el animal levantó la cabeza, mordió el palo y se lo arrebató de las manos; tenía una herida grande entre los ojos de la que comenzaba a salir una sangre oscura, casi negra, y cuando pensaba que la bestia estaba a punto de morir, se le echó encima, lo tiró al suelo y le asestó una dentellada en el brazo; Tikú se escurrió como pudo, lo golpeó con la bota en el hocico, era evidente que los golpes lo habían debilitado porque de otra forma no hubiera podido quitárselo de encima; se puso de pie, cogió la piedra y antes de que el animal pudiera reaccionar lo golpeó varias veces en la cabeza hasta que oyó el crujido de los huesos del cráneo. El esfuerzo lo dejó desfallecido, se acurrucó al lado del cadáver y no abrió los ojos hasta después del mediodía.

Lo despertó un nubarrón de moscas y el calor que se estancaba en el pozo como una neblina mórbida. Los demás jabalíes se habían ido, quizá atemorizados, quizá aburridos por la inmovilidad de los cuerpos que yacían en el fondo. Calculó que cabía por el agujero y que, ignorando la herida que tenía en el brazo y que le sangraba profusamente, podía trepar apoyándose en los huecos de la pared. Así subió a la superficie; no sabía exactamente dónde estaba, pero por la vegetación, y la altura y el desnivel de la montaña, dedujo que estaba lejos de San Juan y de la lechería de los Intriago. También caviló que lo habrían llevado hasta ahí como un fardo en la grupa de un caballo y que luego lo habrían tirado al pozo, por eso le dolían de esa forma todos los huesos. ¿Por qué se habían tomado la molestia de llevarlo hasta allá, herido pero vivo, en lugar de matarlo ahí mismo como al pobre desgraciado que se habían comido los changos? No sabía que Lucio Intriago, que lo consideraba un muerto de hambre, quería matarlo de hambre y hasta allá arriba nadie iba a escucharlo agonizar; desde luego no había contado el cacique con la intervención de los jabalíes, pero a él le quedaba claro que ya lo daban por muerto y que la única oportunidad que tenía de sobrevivir era irse muy lejos, fuera del alcance de su verdugo. Tenía una sed insoportable que fue paliando con hojas mordisqueadas de chancarro y de jonote, más tarde dio con un ojo de agua que brotaba de uno de los veneros del volcán, se desplomó en la orilla como un moribundo y bebió con ansiedad mientras dejaba que se le lavara la herida que le había hecho el jabalí. La única ruta de escape posible era hacia la cumbre, hacia el volcán, lejos de todo, no tenía más remedio que aislarse en la parte alta de la sierra; comenzó a subir, tenía que permanecer oculto el tiempo que hiciera falta para que su enemigo lo olvidara; cuando llevaba apenas una hora subiendo hacia el volcán se encontró el cuerpo de un conejo al que la estaca de una trampa había atravesado de lado a lado; lo desempaló y, a partir del destrozo que había hecho la estaca, se puso a arrancarle tiras de carne con los dientes. Cuando había saciado su hambre con esa ración repugnante, que entendió como la vianda fundacional de su nueva vida, despedazó la presa con la estaca para sacarle las tripas y hacerse con ellas un emplaste que se puso en el brazo. Pensó que esa trampa puesta tan arriba tenía que ser de alguno de los prófugos que se ocultaban en la montaña, de los paramilitares, del narco, o quizá de la célula guerrillera de Abigail Luna y enseguida sintió la urgencia de ver a Lidia, de buscarla, imaginó que la veía entre la maleza, que la observaba desde arriba acuclillada estudiando un plano, pero inmediatamente desterró esa ocurrencia, la huida hacia arriba, hacia el volcán, era su única posibilidad de sobrevivir. Comenzó a desmontar la trampa y, mientras desataba los nudos y enrollaba las cuerdas, imaginó la sorpresa que iban a llevarse los hombres de Lucio Intriago cuando descubrieran en el fondo del pozo el cadáver de un jabalí, en lugar de los despojos del maestro del pueblo. Recordó lo que le decía todo el tiempo la Chamana, tú vas a ser siempre un indio, vas a quedarte aquí por más de que te vayas lejos, de aquí somos y aquí vamos a quedarnos por los siglos de los siglos, eso recordaba Tikú mientras desmontaba la trampa, aquí vamos a quedarnos quería decir que lo suyo era eso y solo eso: el estar completando por los siglos de los siglos el círculo perverso en el que le había tocado nacer. Se colgó las cuerdas al cuello y se amarró con varias vueltas a la cintura la más larga, y así fue subiendo durante varios días, quizá semanas, la enmarañada Sierra Madre, hasta que llegó al territorio de los hijos del volcán.

La guerra de los hijos del volcán

«Solo hay uno y tú eres él», le dijo Kwambá a Tikú la misma noche de la revelación, con un semblante desconocido, un gesto donde había humildad y sobre todo deslumbramiento. Detrás de Kwambá iba Nakawé, la hija del volcán que sabía escrutar el futuro, no decía nada y lo veía desde la suficiencia que le daba su talento para vislumbrar presagios; siempre había sabido que tú eras el único, parecía decir con su silencio huraño. Twaré se los había contado, les había dicho que su padre era el que podía hablar con el espíritu, y los dos habían ido corriendo a la cabaña, para manifestarle su aprecio y, en el caso de Kwambá, su absoluto asombro; iba en tal estado de nerviosismo que comenzó a decirle, con un ridículo hilo de voz que no casaba con su habitual vozarrón, que ya lo sospechaba, que lo sabía, le dijo a Tikú, desde que lo había visto unos días atrás cuando lo espiaba, mientras se ocupaba de sus trampas, apuntó con una candorosa desvergüenza; lo había visto buscando entre los árboles a una voz que le hablaba y preguntándole al coyote si había oído algo. No recuerdo haberle preguntado nada al coyote, dijo Tikú por decir algo ante esa mentira flagrante, y aturdido por lo que empezaba a pasar, y también admirado de la súbita docilidad de ese hijo del volcán que tradicionalmente lo había maltratado y que hacía treinta años, cuando acababa de llegar a la montaña, lo había humillado con la artera complicidad de toda su tribu. La voz que te habla es el espíritu del volcán, le dijo Kwambá con sobrada autoridad, ya con la voz recompuesta, mirándolo con el mismo fervor que hacía media hora, en el momento de la revelación, le había dedicado su hijo. Tikú trataba de digerir ese súbito viraje a su favor en la jerarquía de la montaña; supuso que le tocaba asumir alguna responsabilidad, a fin de cuentas era él quien, con el asesinato de Medel, estaba poniendo en riesgo la estabilidad del territorio; pensó que debía proponer ciertas directrices y ejercer algún tipo de liderazgo, su batalla con Lucio Intriago iba a afectar directamente a los hijos del volcán. Por otro lado, que ellos entendieran que esa voz atroz que lo atormentaba era la del espíritu, lo hacía sentir un verdadero alivio; con ese nuevo significado que le daban ellos a la voz de adentro lo eximían a él de su propia locura, la voz había dejado de ser su tormento particular porque acababa de convertirse en un bien colectivo. Kwambá le pidió que preguntara al espíritu del volcán sobre el destino de su tribu, que preguntara si esos hombres que merodeaban por la parte baja de la montaña iban a hacerles algo terrible, que si al final conservarían sus tierras, y que si había algo que pudieran hacer para defenderse. La voz solo me habla, se disculpó Tikú, nunca le he preguntado nada, dijo, no sé si vaya a contestarme, y luego añadió, para no decepcionarlo del todo: ya le preguntaré al espíritu cuando vuelva a decirme algo. Detrás de Kwambá, Twaré y Nakawé escuchaban encandilados todo lo que decía, especialmente su hijo, que lo miraba con un ardor casi molesto. Tikú sintió la urgencia de quedarse solo, de pensar largamente en eso que le estaba sucediendo y sospechó que, si no hacía algo, los hijos del volcán iban a quedarse ahí contemplándolo toda la noche. Estoy cansado, les dijo, y antes de dormirme tengo que ponerme un emplaste en la herida, no tienen que estar aquí observándome, cuando me hable el espíritu les cuento lo que me dijo, ahora déjenme solo.

Los hijos del volcán se fueron dócilmente, solo hay uno y tú eres él, dijo sentidamente Kwambá, antes de salir de la cabaña, con ese hilo de voz que le salía cuando se ponía nervioso.

Al día siguiente, cuando Tikú se disponía a cumplir con sus rutinas, se encontró a su hijo y a Kwambá afuera de la cabaña; daba la impresión de que no se habían movido de ahí desde la noche anterior; él mismo había dormido mal, a saltos, el espíritu del volcán era una figura que apenas estaba empezando a digerir y la ineludible llegada de Lucio Intriago lo tenía en un estado de permanente desasosiego. No puedes ir a trabajar en las trampas, ya no, protestó su hijo, y Kwambá manifestó su aprobación cruzándose de brazos ruidosamente, moviendo enfáticamente la cabeza y soltando un voluminoso resoplido. ¿Y qué quieren, que me quede todo el día metido en la cabaña?, protestó Tikú. No eres solo tú, replicó Kwambá, también se queda el espíritu del volcán, así podrás oírlo mejor cuando vuelva a hablarte. Yo voy a hacer todo el trabajo de las trampas, terció el muchacho, desempalo los conejos y les quito las pieles, ya te he visto cómo lo haces. En ese momento a Tikú ya no le preocupaban ni las trampas ni las pieles, lo atormentaban las consecuencias de su asesinato, que iban a alcanzarlos muy pronto; no sabía exactamente qué iba a pasar pero desde luego estaban en peligro, en un peligro mortal; él era ya, de hecho, un hombre muerto, pero no podía decirles nada a los hijos del volcán, no quería que lo echaran del territorio, o que lo entregaran a Lucio Intriago; era ya un hombre muerto, pero todavía tenía dos certezas: no iba a irse a otra montaña para escapar de su enemigo, ya no tenía edad para empezarlo todo en otro lado, y antes de morir iba a defenderse, a llevarse por delante a alguno de esos que querían matarlo, con suerte al mismo Lucio; y a partir de entonces, persuadido por el fervor que le demostraban, comenzó a considerar a los hijos del volcán su única posibilidad de salvación, eso era precisamente lo que le había dicho la voz de adentro la noche anterior, cuando cenaba con Twaré: hazte ayudar por los hijos del volcán, en ellos tienes un ejército que debes aprovechar, le había dicho y tenía razón, los hijos del volcán querían ayudarlo y él necesitaba desesperadamente de su ayuda, ya no hacía falta que la voz le hablara otra vez, sabía lo que debía hacer, iba a quedarse en su cabaña como ellos deseaban, iba a sentarse a pensar una estrategia común. La sierra estaba llena de vericuetos y el bosque en el que vivían era un territorio de difícil acceso, era imprescindible conocer el paso por la saliente del desfiladero porque, de otra forma, se tenía que improvisar una ruta por el espinazo de la montaña y no todos estaban dispuestos a enfrentar los abismos, los escarpes, las gargantas y los desbarrancaderos; abundaban las historias de gente que se internaba en la sierra y no salía nunca, y las de los que salían después de años de andar deambulando, como en un laberinto, greñudos y avejentados o, como era el caso de la señora Isidora, que había llegado a San Juan el Alto luego de una década perdida en la sierra y ya no había logrado hallarse entre su familia, su marido se había juntado con otra y sus hijos ya no veían en ella a su madre sino a la loca que un día había bajado del cerro y su marido, no sabiendo qué otra cosa hacer, porque la señora Isidora montaba unos desmanes que comprometían a toda la familia, la encerraba en un cuarto para que purgara la locura que había incubado en la sierra; pero la señora Isidora escapaba del cuarto y corría por las calles del pueblo pidiendo auxilio porque su familia la tenía secuestrada, corría por los pasillos del mercado, y entraba a la cantina o a la iglesia, se le encaramaba a algún cristiano y le pedía ayuda porque su marido iba a encerrarla otra vez.

Tikú ignoraba qué había sido de la señora Isidora, seguramente habría muerto de vieja encerrada en ese cuarto; la última vez que la había visto, unos días antes de que lo secuestraran los hombres de Lucio Intriago, la vieja miraba la calle desde la puerta de su cuarto, amarrada del cuello con una larga tira de cuero que su marido, o alguno de sus hijos, había atado con un nudo a la tubería del agua.

Esa veneración que se translucía en la mirada y en la actitud de su hijo, de Kwambá y de Nakawé, contagió rápidamente a toda la tribu; de pronto un montón de hijos del volcán a los que no había visto nunca, que ni siquiera sabía que existían, comenzaban a aparecer; los sorprendía espiándolo por el ventanuco, o medio ocultos entre los árboles cada vez que salía de la cabaña, ya no a revisar las trampas como había hecho hasta entonces, sino a caminar por el bosque mientras intentaba descifrar lo que le estaba sucediendo y trataba de imaginar una estrategia para aprovechar, de la mejor forma posible, el número y la fuerza de los hijos del volcán. El coyote, liberado como él del trabajo en las trampas, se pasaba el día echado frente a su guarida y solo se levantaba para seguir a su amo cuando salía de la cabaña; parecía que su nahual entendía la situación, había dejado de gruñirle a los hijos del volcán, se daba cuenta de que la relación con la tribu había cambiado. Entre los que se asomaban todo el tiempo por el ventanuco y los que lo espiaban detrás de los árboles o agazapados en el breñal, estaba Nakawé, la más entusiasta de los hijos del volcán; ya había ido a admirarlo la noche de la revelación y ahora se hacía presente todo el tiempo como si Twaré, el hijo que tenían en común, no fuera el recordatorio permanente de la historia que los comprometía y que, en ese momento, Tikú empezaba a reconsiderar, pues al final Twaré había llegado para salvarlo de su propia estirpe, del círculo perverso que no lo dejaba ir, porque la carne de su carne era un hijo del volcán, era parte de esa tribu de espíritus libres, un privilegio que los indios como él no tenían. Nakawé le fue llevando cosas durante ese día: una manta de pieles cosidas, un hacha con el mango forrado de carnaza, un copioso guacal de yerbas y legumbres que él dejó casi intacto. Gracias por la manta y por el hacha, Nakawé, pero no puedo comer tanto, llévate la comida, le dijo él en lo que ella le tomaba medidas de los brazos y de la espalda; lo había hecho subir a un banco para facilitar la maniobra, le medía las extremidades con una vara larga y otra más corta que iba intercalando y le contaba que las mujeres de la tribu ya estaban trabajando en el atuendo que debe llevar el Único, le dijo, el que puede hablar con el espíritu del volcán. Mientras ella le medía una y otra vez el cuerpo, a él le daban ganas de decirle, ni te esfuerces porque ya soy hombre muerto, van a venir los hombres de Lucio Intriago y van a cobrarme la muerte que debo; también le daban ganas de decirle, más bien de preguntarle, ¿por qué irrumpiste de esa forma en mi cabaña aquella noche?, ¿estabas caliente y yo era la presa más indefensa?, ¿es verdad que ya sabías que yo era el Único y querías que te dejara sembrada en el vientre mi estirpe? Pero nada de eso tenía caso preguntar ya, prefería conservar intacta la veneración que había empezado a dispensarle esa mujer, y desde luego le parecía bien que Nakawé tuviera la intención de hacer valer el derecho de su maternidad, tanto que ya andaba divulgando incluso, según le había contado Kwambá, que ella había visto desde el principio que él era el Único, que se había guiado por el instinto de procrear un hijo con el que iba a convertirse en el líder de los hijos del volcán, que se había dejado conducir por sus visiones y sus presagios. Aunque no creía del todo en sus poderes adivinatorios, Tikú aceptaba esa versión de la historia; ya se consideraba un hombre muerto y lo sensato era dejarse conducir por las fuerzas que se arremolinaban a su alrededor.

Cuando se fue Nakawé llegaron Kwambá y Twaré, a ver si se le ofrecía algo y Tikú decidió que ese era el momento de hablar con ellos y sin ningún tipo de preámbulo soltó: me dijo el espíritu del volcán que tenemos que organizarnos antes de que lleguen los hombres de Lucio Intriago. ¿Lucio Intriago?, preguntó el muchacho extrañado, ¿quién es Lucio Intriago? Es un terrateniente de San Juan el Alto que quiere venir a quitarnos nuestras casas, le explicó Tikú. ¿Eso te lo dijo el espíritu?, preguntó Kwambá atemorizado. Sí, dijo él con firmeza, me lo dijo el espíritu, insistió en que tenemos que defendernos de los hombres del cacique y eso vamos a tener que hacer, anunció. Siempre hemos sabido que vendría el Único a guiarnos, dijo Twaré, a decirnos qué hacer, pero nunca nos imaginamos que fueras tú, aunque quizá yo sí, confesó con lágrimas en los ojos, por eso quise estar contigo, eso me dijo Nakawé, que soy un visionario como ella, que de ella he sacado los presagios y las premoniciones. Mañana temprano vayan a decirle a todos los hijos del volcán que quiero hablarles, dijo Tikú, tráiganlos aquí a primera hora, tengo que explicarles eso que acaba de decirme el espíritu y ahora váyanse, déjenme solo, que tengo mucho que pensar.

¿De dónde salía tanto hijo del volcán?, se preguntaba asombrado Tikú. Todavía no amanecía y frente a su ventanuco había una multitud de antorchas que lo dejó perplejo. Cuando le había pedido a Twaré y a Kwambá que los juntaran afuera de su cabaña para dirigirse a ellos, no se había imaginado que hubiera tantos, aunque era verdad que el día anterior había visto a un montón, espiándolo detrás de los árboles o agazapados entre la greñura. En el panorama que veía desde su ventanuco podía haber fácilmente cien antorchas encendidas, nada podrían hacerle Lucio Intriago y sus hombres si lograba organizar a los hijos del volcán; en la lechería de San Juan el Alto no podía haber más de veinte hombres disponibles para el combate, ¿qué podían hacerle si lo encontraban rodeado por esa multitud? El panorama que tenía enfrente lo cambiaba todo, pensó Tikú, quizá ya ni era hombre muerto, no era lo mismo ser el Único de unos cuantos que de ese ejército que estaba reunido afuera, esperando a que él saliera a decirles algo, ¿de qué iba a hablarles?, lo que pensaba decir para el pequeño grupo que había imaginado carecía ya de sentido, tenía que hablar a gran escala, proponer algo que estuviera a la altura de la numerosa tropa que lo esperaba del otro lado del ventanuco; por primera vez desde hacía treinta años sentía de nuevo la punzada en el centro del estómago, la opresión que no lo dejaba respirar y que lo asfixiaba cada vez que tenía que hablar en público; durante sus años en San Juan el Alto había sentido ese agobio cada vez que iba rumbo al salón, a dar sus clases, una opresión que ya había olvidado y que reaparecía, fresca y por sorpresa, en ese momento, para recordarle que a pesar de la eternidad que llevaba viviendo al margen de aquel hombre que había sido, no podía despegarse de sus fundamentos, no del todo; eso pensaba mientras bebía rápidamente y a traguitos un cuenco de caldo. En lo que se echaba encima las pieles, decidió que tenía que mandar un mensaje breve y claro, enunciado en frases simples porque los hijos del volcán eran gente a la que había que hablarle de manera sencilla. Abrió la puerta y salió de la cabaña, empezaba a amanecer y detrás de las antorchas ya podían verse los rostros, las greñas, la dimensión extraordinaria de los cuerpos. ¡Solo hay uno y tú eres él!, dijo una mujer con la voz muy firme y después hubo una réplica desordenada que recorrió el contingente de un lado a otro; Tikú comparecía por primera vez ante esa centuria de hombres, mujeres y niños que lo esperaban, no tenía ni idea de que hubiera niños entre los hijos del volcán; tratando de sobreponerse a la impresión, al vacío en el estómago que no lo dejaba respirar, dijo, con toda la energía que logró juntar: el espíritu me ha dicho lo que tenemos que hacer, me ha dicho que tenemos que organizarnos en un ejército para defendernos de nuestros enemigos; y en cuanto dijo esto, un rayo del sol, el primero del día, despuntó entre los árboles y fue a pegar directamente en su cabaña, como pasaba siempre durante las primeras semanas de la primavera pero, en ese momento, el rayo no tenía que ver con los ciclos astronómicos, era magia pura; animado por ese halo mágico que le regalaba la montaña, Tikú siguió hablando, dijo: los hombres del cacique de San Juan el Alto, Lucio Intriago, andan merodeando por la parte baja, nos están buscando para quitarnos nuestras tierras; mintió, aunque no del todo porque en cuanto dieran con él cabía la posibilidad de que se interesaran en la zona, que estaba muy cerca del glaciar y del nacimiento del río que bajaba por los veneros, en todo caso no podía descartarse que esa cacería que le estaba destinada iba a repercutir de alguna forma en los hijos del volcán, por eso no mentía del todo, por eso tenía sentido hacer un frente común, porque era la colectividad la que estaba amenazada. Todavía disfrutando del rayo que lo iluminaba como si estuviera en un teatro, añadió: los hombres del cacique llegarán pronto hasta aquí, no sabemos exactamente cuándo pero es seguro que van a venir, así que debemos prepararnos, así como anoche me lo pidió el espíritu, dijo con mucha solemnidad. Un rumor recorrió el centenar de soldados que tenía frente a él y, en cuanto regresó la calma, explicó las medidas muy prácticas que había estado pensando: no sabemos por dónde va a venir exactamente el enemigo, puede llegar por cualquier parte y en cualquier momento, dijo, tendremos que andar siempre atentos y armados y quien vea que un extraño se aproxima tiene que avisar a los demás para que todos acudamos. Luego aprovechó para preguntar, ¿con qué se avisan ustedes cuando se acerca el peligro? Con los cuernos de carnero, gritó un hombre mayor que estaba en las primeras filas, se había fijado en él desde el ventanuco porque llevaba una vistosa melena blanca que, a esas horas de penumbra, relumbraba como un lucero con el fuego de las antorchas. ¿Los cuernos de carnero?, preguntó Tikú sorprendido, pues nunca había escuchado, en su larga vida en esa montaña, el llamado de los cuernos. Sí, respondió el hombre y añadió, porque percibía su incredulidad: no los usamos porque somos una tribu pacífica, pero Kwambá tiene en su madriguera los cuatro cuernos, uno para cada rumbo de la montaña. ¿Una tribu pacífica?, pensó Tikú mientras recordaba fugazmente las torturas a las que lo habían sometido cuando era un recién llegado. Kwambá asentía satisfecho a todo lo que decía aquel hombre; estaba en medio del grupo, muy orondo de ser el guía que había llevado a su tribu hasta ese episodio crucial. Tikú siguió: debemos organizarnos, a partir de ahora pondremos una guardia, con cuerno de carnero, en los cuatro rumbos de la montaña, hay que hacer turnos, seis horas de vigilancia cada uno, y el resto siempre armados, siempre preparados para que en cuanto suene el llamado del cuerno vayamos todos a enfrentar a los hombres de Lucio Intriago. ¡Solo hay uno y tú eres él!, gritó una voz, desde atrás, y después se sumaron otras provocando un griterío que Kwambá interrumpió levantando los brazos con gran autoridad. ¡Silencio!, ordenó y el ruido se suspendió en el acto. Kwambá comenzó a caminar pesadamente hacia la cabaña; el griterío que le habían dedicado los hijos del volcán había dejado a Tikú emocionado, pero el paso firme de Kwambá hacia donde él estaba le pareció, durante un instante, siniestro; ¿qué es esto?, se preguntaba mientras lo veía acercarse con el porte majestuoso que le daba el marco de aquella centuria de hijos del volcán que, hasta la noche de la revelación, lo habían considerado su líder. ¿Qué pasa?, le dijo a Kwambá en cuanto lo tuvo enfrente, ¿quieres decir algo a tu tribu? Tikú estaba de pie, encima del aumento que separaba la cabaña del suelo y eso le permitía, por primera vez, mirar a Kwambá directamente a los ojos. ¡Somos tu tribu!, gritó el hijo del volcán emocionado, poniéndole en los hombros sus manos enormes. Tikú pensó que Kwambá se iba a echar a llorar, la situación era casi cómica, pero un momento después el gigantón había logrado recomponerse, se quitó el collar que llevaba en el cuello, una pieza hecha de huesos labrados que había heredado del antiguo líder, y se lo colgó a él; ahora tú eres nuestro líder, le dijo.

Más tarde regresó Kwambá a comunicarle que ya se habían instalado los cuernos en los cuatro rumbos de la montaña. ¿Y podremos oírlos cuando llegue el momento?, quiso saber Tikú. Sí, respondió el hijo del volcán, el sonido se oye hasta el valle, más allá de donde acaba el espinazo. ¿Están todos armados?, preguntó, cada vez más cómodo en su papel de líder de la tribu y añadió, estaría bien que organizaras unas patrullas de observación, que vigilen las laderas de la montaña, para que los hombres de Lucio Intriago no vayan a sorprendernos, de todas formas, siguió, yo estaré yendo a la cornisa, se me hace que van a subir por ahí, por la zona donde había acampado el hombre de la tienda roja, le dijo, sin revelarle que lo había asesinado a quemarropa, ni que aquel pobre infeliz era el hermano de Lucio y que por eso iban a subir sus hombres, y seguramente hasta el mismo cacique en persona, para vengarse del asesino. No vayas tú a asomarte a la cornisa, protestó Kwambá, puede ir cualquiera en tu lugar. Ya lo sé, dijo Tikú, pero me gustaría participar en la defensa de nuestro territorio, no me sentiría a gusto si me quedo encerrado en la cabaña, a esperar a que nos encuentren, me gustaría descubrirlos y atacarlos antes de que puedan llegar hasta aquí, liquidarlos yo mismo de un tiro limpio y bien meditado. Luego, cada vez más dueño de su papel de comandante de la centuria, preguntó, ¿crees que los hijos del volcán estén preparados para la batalla? No lo sé, dijo Kwambá, somos un pueblo pacífico, en mi tiempo nunca hemos peleado con otra tribu. Por pacíficos que seamos, replicó Tikú, somos muchos más que ellos, y eso tiene que ser suficiente para derrotarlos. Kwambá se le quedó mirando, con la devoción que últimamente le tenía; esperaba a que le dijera algo más, que abundara sobre la estrategia a seguir, que diera alguna instrucción concreta. Al enemigo hay que enfrentarlo como lo hacen ustedes con los jabalíes, dijo Tikú, con los linces, con los tigrillos, con los otobúes, con esa misma ferocidad y esa sangre fría con la que degüellan a las fieras, así mismo hay que degollar a los hombres de Lucio Intriago porque, si no los degollamos, van a venir a degollarnos a nosotros, le dijo, y aprovechó para ventilar un tema que tenía atorado desde hacía tres décadas, una vieja cuita de la que recordaba escenas aisladas, ramalazos, como le pasaba con el recuerdo de Nakawé. Una cosa es enfrentar a un tigrillo o a un otobú, y otra es pelearse contra unos hombres armados, protestó Kwambá. Sin hacer caso de la protesta, Tikú se puso a ventilar su viejo asunto, pensó que lo que quería decirle al hijo del volcán era útil para el ambiente belicoso que empezaba a reverberar en la montaña; ustedes no son tan pacíficos como tú dices, acuérdate de las torturas que me aplicaban cuando era yo un recién llegado, dijo medio ofendido. ¿Qué torturas?, preguntó Kwambá avergonzado, y él interpretó que en su vergüenza se veía que recordaba perfectamente lo que le habían hecho, lo cual le sirvió de acicate para seguir echándole en cara esa vieja historia.

Al llegar por primera vez a la parte alta de la sierra había quedado a merced del abuso y la crueldad de los hijos del volcán. No se puede estar seguro en ninguna parte, no hay escapatoria, incluso cuando logras escapar se van contigo tus fantasmas, le dijo a Kwambá, que atendía, con una mórbida devoción, lo que le estaba contando, a pesar de que era muy claro que el fondo de la evocación de Tikú era una agria protesta, una reclamación extemporánea sin más base que el derecho que le daba su nuevo estatus, el de ser escuchado sin que nadie rechistara. Llegando al bosque, siguió contándole a Kwambá, me instalé en una cueva, y durante los días siguientes me dediqué a explorar la zona, a ver si era factible quedarme, si había qué cazar, si no hacía demasiado frío, si había alguna corriente de agua, un venero del volcán del que pudiera abastecerme, y cuando finalmente había decidido que podía quedarme y me planteaba instalar dos o tres trampas que me dieran de comer, aparecieron dos criaturas enormes cubiertas de pieles, los primeros hijos del volcán que había visto en mi vida, y me llevaron frente al jefe de la tribu, que ya debías ser tú, le dijo a Kwambá; cosa que él negó de inmediato rotundamente, negó no solo su presencia y su participación, sino la existencia misma de todo el episodio. Pero Tikú le recordó lo que había pasado con todo detalle: esos dos primeros hijos del volcán que conocí, le dijo, me preguntaron si iba a instalarme en su territorio, y yo respondí que no creía que ese territorio fuera de nadie, que solo necesitaba un espacio para vivir, cazar de vez en cuando algún animal, argumenté, pero a ellos les importó poco y el jefe, que según yo eras tú, volvió a decirle a Kwambá, ordenó que me colgaran de una rama, no del cuello sino sostenido por una cuerda que pasaba por el pecho y las axilas, suspendido a unos diez centímetros del suelo. La medida me pareció infantil, siguió contando Tikú, al principio estaba casi cómodo, pero al pasar de las horas la cuerda comenzó a escocerme y la cercanía de la tierra empezó a volverme loco, estaba ridículamente cerca y al mismo tiempo me encontraba a una distancia insalvable del suelo y esa ambigüedad se volvió un tormento; doce horas después ya estaba suplicando que me descolgaran, ofrecí irme de ahí, a otra montaña, si eso era lo que buscaban con la tortura. Alentado por la creciente incomodidad del hijo del volcán, Tikú siguió ahondando en su narración: el líder, o sea tú, le dijo a Kwambá, cortó con un hacha las cuerdas que me sostenían y caí de golpe al suelo, las piernas no me aguantaban, me costaba trabajo ponerme de pie, y todavía no salía del asombro que me producía el guiñapo en el que me había convertido esa tortura, cuando ya me estaban arrastrando por el bosque rumbo a mi nuevo destino, yo forcejeaba, gritaba, preguntaba aterrorizado, ¿adónde me llevan?, empezó a nevar, era el principio del invierno y yo nunca había visto la nieve, los primeros copos me cayeron encima en esa posición, boca arriba, me caían en el abdomen, en el pecho y en la cara y después me seguirían cayendo toda la noche dentro de la zanja donde iban a echarme. Lo de colgarme del árbol te lo puedo perdonar, le dijo a Kwambá, que ya no veía la hora de que se acabara el reproche; pero lo de la zanja, le dijo, no voy a perdonártelo nunca. ¿Qué zanja?, protestó el hijo del volcán. No te hagas pendejo, Kwambá, me echaron dentro de ese agujero profundo y estrecho, como las tumbas que hacen ustedes, le dijo; me echaron dentro y me lastimé, sentí un dolor intenso en la rodilla, pensé que me la había roto y por más que lo dije no me hicieron ningún caso, me dejaron ahí, nevaba mucho y muy pronto estuve cubierto de nieve, se me humedeció la ropa, comencé a tiritar y cuando pensaba que esa era la tortura que me tocaba, congelarme dentro de un hoyo, se asomó un hijo del volcán, y después de mirarme largamente, como si estuviera valorando la situación, se quitó los pantalones, se acuclilló con el culo apuntando al vacío de la zanja y soltó unos pedazos de mierda que yo trate de esquivar sin éxito pues no tenía espacio para moverme, no tenía espacio ni para mover el brazo y quitarme con la mano un pedazo que me había caído en la frente, no me imaginaba que cinco minutos más tarde llegaría otro hijo de la chingada a hacer lo mismo, y así hasta el día siguiente, pasaron por ahí quince o veinte de ustedes, pinche Kwambá, no te hagas pendejo, le dijo, no me digas que no recuerdas esa atrocidad que me hicieron, seguro que tú fuiste uno de los que me cagaron encima, pinche Kwambá cabrón. El hijo del volcán lo miraba compungido, parecía que iba a soltarse a llorar y no paraba de decir que no sabía de qué le estaba hablando. No te hagas, le dijo Tikú, solo quiero dejar claro con esta historia que los de tu tribu no son precisamente pacíficos y también pretendo decirte que en cuanto echemos mano de los hombres de Lucio Intriago, ¿cómo no vamos a atraparlos si somos una centuria?, habría que hacerles lo mismo que ustedes me hicieron a mí: suspenderlos

179

de la rama de un árbol y luego meterlos en zanjas y cagarles encima antes de pegarles un tiro en la frente. Kwambá no salía todavía de su desconcierto cuando Tikú le advirtió: vienen a quitarnos nuestras tierras, Kwambá, y el espíritu me dijo anoche que si no los matamos, ellos van a venir a matarnos a nosotros, no podemos demorarnos, tenemos que atraparlos ya, en cuanto aparezcan, no podemos fallar.

Cuando se acababa de ir Kwambá a organizar a la tribu, a transmitirles la fiereza que se esperaba de ellos, llegó a la cabaña Nakawé, con un grueso bulto que abrazaba como si fuera una criatura. Los hijos del volcán no paraban de espiarlo, se asomaban por la ventana o los veía detrás de unos arbustos o escondidos entre los árboles, a veces invadiendo el territorio del coyote, muy cerca de su madriguera, aunque a su nahual no parecía molestarle la invasión; había momentos en los que estaban cuatro o cinco hijos del volcán merodeando, desplazándose peligrosamente alrededor de su cuerpo echado y él no los tomaba en consideración, seguía durmiendo como si estuviera solo, parecía uno de esos perros que se echaban entre los puestos del mercado de San Juan, entre los huaraches de la clientela que a veces los pateaba, o les tiraban cosas encima y ellos seguían ahí como si nada, como si fuera normal dormir bajo ese continuo bombardeo; en muy poco tiempo el coyote se había convertido en eso, en un perro del mercado, ya no estaba seguro de que su nahual fuera capaz de reaccionar frente a otra fiera, o frente a los hombres del cacique, quizá la protección que le daban a Tikú los hijos del volcán había hecho entender al coyote que ya no hacía falta custodiar a su amo. El bulto con el que llegó Nakawé era la prenda que le había confeccionado, con la ayuda de otras mujeres;

te hemos tejido esta casaca, dijo, mientras extendía en la mesa una pieza larga, una suerte de abrigo de corte tosco pero de una suavidad extrema. No sé a qué hora habrás tejido tú, le dijo Tikú con un tono rencoroso, si te pasas el día espiándome. Nakawé se le quedó mirando temerosa, no sabía qué hacer, esperaba una violenta reprimenda a la medida de la autoridad que le había conferido el espíritu, esperaba que actuara con la autoridad del jefe de la tribu, eso coligió Tikú a partir del gesto que hizo la mujer, y concluyó que no podía seguir siendo el mismo de siempre; si era el Único, tenía que comportarse como tal y eso entrañaba un severo golpe de timón en su forma de relacionarse con los hijos del volcán; era lo que querían, se acercaban a él con una sumisión que requería de su autoridad explícita. ¿Qué clase de prenda es esta?, le preguntó a la mujer. Es la casaca del Único, respondió ella mientras alisaba la pieza amorosamente, con las palmas de las manos muy abiertas y luego dijo, sin mirarlo, sin dejar de alisar una y otra vez la prenda: es una casaca que lleva el poder de las mujeres de la tribu, por eso la hemos tejido entre todas, cada una ha puesto ahí lo suyo, dijo, y entonces lo miró, esperaba que Tikú dijera algo, que se mostrara complacido por ese regalo tan especial que él obviamente no alcanzaba a valorar del todo. ¿Qué poder?, preguntó él, y Nakawé se puso contenta, como si le hubiera preguntado precisamente lo que quería oír; la casaca ha salido de nuestros cuerpos, dijo, está tejida con los cabellos de todas nosotras, cada una ha puesto un mechón, y en cuanto dijo esto cogió la casaca y se acercó para ayudarle a ponérsela. Tikú se dejó conducir, metió un brazo y después el otro y permitió que Nakawé ajustara la parte de los hombros y los faldones, que le colgaban más allá de las corvas. ¿No está muy larga?, receló Tikú, porque ya veía lo complicado que iba a ser desplazarse por el bosque arrastrando esos faldones, pero lo último que deseaba era desairarla. Tiene que ser larga, dijo Nakawé, tiene que cubrirte lo más posible el poder. La casaca se me va a atorar en las ramas, se me va a llenar de cardos y de huizapoles, se quejó Tikú. ¿Adónde piensas ir?, preguntó ella sorprendida y añadió, mientras retocaba con un instrumento puntiagudo una de las mangas que había quedado un poco larga: nosotros venimos al Único, tú no tienes que ir a ningún lado.

Pronto Tikú sintió que de esa casaca emanaba una fuerza de verdad, el tejido de los cabellos de las mujeres de la tribu le insuflaba el poder que le hacía falta para el combate contra los hombres de Lucio Intriago, más le valía pensar así, y animado por la sensación que le producía la casaca, decidió que agruparía una vez más a los hijos del volcán, para repasar la estrategia, para que no quedaran cabos sueltos, para que lo tuvieran a él presente todo el tiempo, como si aquello le hiciera falta, para afianzar así su vínculo con la centuria. En ese momento ya le parecía que no podían solamente aguardar el ataque de los hombres del cacique, tenían que esperarlos con una nueva intensidad, con esa misma energía que le insuflaba a él la casaca, un poder que por cierto no había logrado transmitirle el collar de jefe de la tribu que le había colgado Kwambá con tanta ceremonia. ¡Twaré!, gritó Tikú a su hijo, y en cuanto lo hizo notó el movimiento nervioso de media docena de hijos del volcán que estaban ahí espiándolo, que seguramente habían visto por el ventanuco cómo Nakawé le había puesto la casaca y la forma en que la prenda lo había dotado a él de un nuevo resplandor. Twaré apareció en el acto, nunca se alejaba mucho de donde él estaba, le quedaba claro que el muchacho era su hombre de confianza, era su hijo y velaría por su seguridad como no lo haría ningún otro de los hijos del volcán, ya no podía explicarse por qué al principio había desconfiado tanto de él y no quería aceptar su cercanía: Twaré era un muchacho de una nobleza extraordinaria, y en esos momentos su apoyo y su cercanía le parecían esenciales. ¿Necesitas algo?, preguntó el muchacho. Reúne otra vez a los hijos del volcán porque tengo que afinar la estrategia de combate, quiero ser muy respetuoso con los lineamientos que ha marcado el espíritu, le dijo, quiero verlos a todos aquí lo más pronto posible, puntualizó con mucha autoridad mientras Twaré miraba embelesado su casaca. En lo que su hijo reunía a la tribu, y antes de ir a asomarse a la cornisa para ver si observaba algún movimiento en la parte baja de la montaña, se untó un puño de emplaste en la herida que le estaba supurando con una virulencia maligna; notaba que el remedio ya era incapaz de atajar la carcoma de esa herida caníbal que le devoraba la carne, llegó a pensar que si lograba sobrevivir a la venganza del cacique, haría un viaje a La Portuguesa para pedirle ayuda a la Chamana; quizá tendría que haber emprendido el viaje en ese instante, no esperar a que llegara su verdugo, tendría que haber huido, tendría que haber regresado inmediatamente a la plantación, así se hubiera mantenido lejos del peligro, pero en ese momento Tikú tenía otra prioridad: era el Único, era el responsable del destino de esa tribu milenaria.

Salió de la cabaña masticando un bocado de yerbas y raíces para animarse, para bajarse la fiebre que de vez en cuando lo hacía tiritar, llevaba la pierna dormida y avanzaba con una cojera lastimosa; tenía la intención de ir a asomarse a la cornisa en lo que su hijo iba reuniendo a la centuria, no se sentía completamente seguro aunque tenía apostados hombres con cuernos en los cuatro rumbos de la montaña, era prácticamente imposible que los agarraran desprevenidos. El coyote seguía echado afuera de su guarida y cuando lo vio venir, se levantó y comenzó a gruñirle, igual que hacía antes a los hijos del volcán. Soy yo, pendejo, le dijo Tikú y en cuanto se acercó el coyote dejó de gruñir y se dispuso a seguirlo. Un muchacho le atajó el camino y luego Nakawé y un grupo de mujeres les cerraron a él y a su coyote el paso. ¿Qué es esto?, preguntó ofuscado Tikú, desconcertado, y añadió, con un tono severo que indicaba muy claramente que no iba a permitir que controlaran sus movimientos: voy a caminar hasta la cornisa, quítense de en medio. Tenemos que acompañarte, dijo Nakawé, eres el Único y no queremos que te pase nada, tenemos la obligación de protegerte, y además vas cojeando y no tienes buena cara. Antes de que pudiera argumentar nada, en lo que trataba de sobreponerse a un amago de temblorina, un hijo del volcán se situó a su espalda y cogió los faldones de la casaca para que no fueran arrastrando y llenándose de polvo, y de cardos y de huizapoles, para que no fuera a atorarse en una rama y a desgarrarse y a perder por la desgarradura su poder. Está bien, cedió Tikú, convencido de que tenían razón; si algo le pasaba, quizá ellos solos no iban a poder defenderse, él era el puente entre el pueblo y la montaña, pertenecía a los dos mundos, sabía cómo moverse en ambos territorios y esa protección que le imponían los hijos del volcán era, en realidad, una maniobra para protegerse a sí mismos. Vamos, pues, dijo, y comenzaron a andar, él y su nahual, rodeados por la férrea guardia que comandaba Nakawé; uno iba delante desbrozando con un machete esa ruta que él se sabía de memoria, y Nakawé y media docena de hijas del volcán caminaban a su alrededor, eran sus guardianas, iba rodeado por una nube de cuerpos gigantescos, metido en su casaca de cabellos femeninos, hundido en medio de su guardia y sin ninguna perspectiva del camino; de esa forma hizo el trayecto que había recorrido de arriba abajo durante décadas enteras, los mismos peraltes, las mismas pendientes y los mismos meandros pero todo experimentado desde otra perspectiva, desde esa suerte de encierro protector que le imponían las hijas del volcán. Tikú iba atemorizado anticipando el momento en el que aparecieran Lucio Intriago y sus hombres dispuestos a vengar a su muerto, a castigarlo por el crimen cometido, listos para batirse en una sangrienta batalla contra su ejército; no tardarían mucho en aparecer, al final llegarían a cumplir con lo que el cacique les habría ordenado, si es que no iba subiendo con ellos: tráiganme el cadáver del que mató a mi hermano, voy a destazarlo personalmente pieza a pieza y voy a hacer con ellas un montón a mitad de la lechería para que bajen a comérselo los zopilotes; eso debía haber anunciado Lucio a sus hombres y seguramente habría ofrecido una recompensa, voy a darles mil pesos a cada uno si me lo traen vivo, habría dicho. Tikú no podía hacer nada más que esperarlos y recibirlos con un ataque multitudinario y fulminante, de otra forma era ya un hombre muerto. Eso iba pensando mientras trataba de reprimir la temblotera que le producía la fiebre y que amenazaba con doblegarlo, a pesar de la casaca, que le seguía insuflando una energía fuera de lo común. Llegando a la cornisa la guardia se abrió para que él pudiera observar el panorama: se sentó en una piedra a mirar con mucha atención, primero la cuesta de la montaña y luego más allá; calculó que si lo veían desde abajo protegido por esa guardia se acobardarían y mientras trataba de afinar los ojos para localizar la frontera entre el bosque y la selva, se le ocurrió que había que enviar un mensaje a sus asesinos, el equivalente del cañonazo al aire que se tira para amedrentar al ejército que se aproxima, lo mismo que el ladrido del perro que ha olfateado a lo lejos un elemento hostil, eso tenía que hacer y con esa idea, al cabo de un rato y cuando consideró terminadas sus observaciones, anunció que regresaban a la cabaña, donde ya tenía que estar reunida su centuria.

Un murmullo volvió a recorrer las filas en cuanto Tikú hizo su aparición, tratando de no cojear y de no ponerse a tiritar enfrente de su ejército. ¡Solo hay uno y tú eres él!, gritaron dos o tres, a destiempo, y él notó cómo los elementos de su guardia, aquel grupo de mujeres que lo cuidaban personalmente, adquirían un prestigio muy palpable, se habían convertido en las protectoras del Único, del que se comunicaba con el espíritu del volcán. En cuanto empezó a hablar frente a su tribu, sintió que se afianzaba en él esa misteriosa energía que le insuflaba la casaca, hizo un discurso enérgico que se propagó como un zigzag entre sus filas. Tenemos que amedrentar a los hombres de Lucio Intriago antes de que lleguen, dijo, que sepan que si se acercan van a ser recibidos con mucha hostilidad, no hay a la redonda un ejército más grande que el nuestro y esto tiene que notarse desde lejos, les dijo inspirado por la imagen de sí mismo sentado en la piedra de la cornisa, rodeado por sus imponentes guardianes. Luego siguió explicando: nuestros enemigos tienen que sentir antes de llegar que están entrando en un territorio peligroso. Kwambá y su hijo, que estaban en primera fila, lo miraban con devoción, nadie perdía ningún detalle de lo que decía, sus palabras resonaban entre los árboles con una fuerza que los dejaba a todos, incluso a él mismo, conmovidos; el momento era de una enorme trascendencia, estaban al final o al principio de algo, en la frontera de eso que venía, que no tardaría en llegar y cuyo rumbo trataba él de dirigir. No podemos confiarnos, dijo, recordando el miedo que había sentido de camino a la cornisa; somos muchos más pero ellos están acostumbrados a matar, no podemos distraernos, les dijo, si no los matamos, ellos van a matarnos a nosotros; y a continuación pidió que hicieran una prueba con los cuernos que estaban instalados en los cuatro rumbos de la montaña, que el primero que llegara a su puesto hiciera sonar el suyo y que después, uno tras otro fueran sonando y así hasta tres veces cada uno, les dijo y añadió: y ahora cada quien a su puesto, cada uno a cumplir con lo que le toca, no van a tardar en llegar y debemos estar atentos, hagan sus recorridos con las armas ya preparadas, listas para dejarlos malheridos, para matarlos mejor. Dicho esto la centuria se dispersó, se fue cada uno a su zona, al área estratégica que le tocaba vigilar; entre Kwambá y Twaré habían cuadriculado la montaña y repartido las responsabilidades, se fueron todos a ocupar su sitio excepto su guardia personal, que se distribuyó en los alrededores. Tikú se metió a su cabaña, a ponerse más emplaste en la pierna, y también quería saber si desde dentro podía escuchar los cuernos, le aterrorizaba que lo sorprendieran dormido y que le cortaran el cuello de un tajo sin que pudiera defenderse; por el ventanuco veía al coyote, echado afuera de su guarida, y también veía a Nakawé que oteaba insistentemente los alrededores, los olisqueaba; la veía con la cara en alto y las narices dilatadas, tenía empuñada el hacha con la que perfilaba las tecatas de madera, pero con una actitud distinta, la empuñaba para aniquilar al enemigo y mientras la veía pensó que esa mujer bien podía hacer valer la intimidad que había tenido con él y el hijo que compartían, pero no lo hacía y aquel gesto, el de comportarse como una más de las hijas del volcán, lo hizo sentir, con una especial intensidad, el privilegio, el compromiso, el destino que lo había ido amarrando a esa tribu. Sonó el primer cuerno, el que estaba más al este, con un volumen que lo dejó sorprendido, e inmediatamente después sonó el otro y luego los otros dos, el último fue el que estaba en la punta del desfiladero y su potente sonido hizo vibrar los cuencos de yerbas que tenía en la repisa; luego volvieron a sonar uno detrás del otro, con un orden perfecto; aquel sonido, aquel despliegue, era la señal de que estaban rigurosamente preparados para la guerra y si Lucio Intriago lo había oído iba a pensárselo muy bien antes de seguir adelante, iba a calcular que una tribu que era capaz de producir ese sonido amenazante, de esa manera tan ordenada y armónica, tenía que ser una tribu temible. Después de escuchar aquel despliegue de poder,

Tikú sintió, por primera vez, ganas de que ya llegaran sus asesinos, unos deseos enormes de ya haber dejado atrás ese episodio, no tenía nada que temer, iban a acabar con ellos antes de que pudieran asomar la nariz.

Tikú se apostó con su escopeta en la cornisa de la montaña. Su guardia lo acompañó nuevamente todo el camino, pero al llegar al punto donde iba a instalarse, a la piedra que le había servido siempre de mirador, pidió que lo dejaran solo, les dijo que siguieran cuidándolo, si creían que era necesario, pero a unos metros de distancia, porque quería observar la montaña como lo había hecho siempre durante todos esos años. Van a llegar por aquí, le dijo a Twaré, que desde hacía unas horas le había comunicado que ya no iba a despegarse de él, quizá porque le preocupaba su cojera, o porque había notado que tiritaba por más que él trataba de disimularlo. En cuanto veamos que vienen, corres a avisarle a Kwambá, para que tenga listo el ejército, instruyó a Twaré; había hijos del volcán vigilando en cada rumbo de la montaña, pero a Tikú le parecía que quien llegara de San Juan el Alto tenía que hacerlo por la cornisa, los otros caminos eran demasiado largos, había que pasar del otro lado de la sierra y a Lucio Intriago y sus matones les interesaba liquidar rápido al asesino, si tardaban demasiado el pueblo empezaría a murmurar; la policía no participaba porque Lucio Intriago se bastaba solo, todo lo resolvía con sus propios medios y, si no se le veía pronto arrastrando el cadáver del asesino por la calle principal, iba a resquebrajarse su jerarquía. Tikú pensó que si los hijos del volcán no lograban impedir que lo mataran, aquella sería la última vez que contemplaba ese paisaje que lo había acompañado durante buena parte de su vida y sintió vértigo, un vértigo fugaz porque, desde una perspectiva razonable, era imposible que lo mataran mientras tuviera esa guardia alrededor, nada podrían hacer ni el cacique ni sus esbirros contra su ejército, podía estar muy tranquilo, era imprescindible estarlo para observar con precisión los avances de su enemigo. El coyote, completamente ajeno a la media luna de hijas del volcán que los protegía a una respetuosa distancia, estaba echado a dos metros de la piedra donde Tikú se había instalado, y su hijo estaba de pie, al lado de él, más que su vástago parecía su guardaespaldas. Cuando llevaba quince minutos apostado en la piedra, comenzó a ver que algo se movía en la parte baja de la montaña, una camisa entre el follaje, un sombrero, la ruta ascendente de alguien, o algunos, que ya habían encontrado la vereda hacia el espinazo; subían a buen paso y en cuestión de tres horas los iban a tener ahí, en la puerta del bosque, debajo del santo que protegía ese rumbo de la montaña, así se lo dijo a Twaré, que por más que se esforzaba no lograba ver absolutamente nada. Hacía un día muy claro, de esos raros días en los que al final de la selva interminable podía verse la franja azul del mar; Tikú revisó su escopeta, quería estar en condiciones de disparar en cuanto fuera preciso, consideró la posibilidad de liquidarlos desde arriba y así evitar el riesgo de dejarlos llegar hasta la puerta del bosque, pero enseguida vaciló, a la distancia había más posibilidades de fallar, los tiros, si no daban en el blanco, los harían dispersarse y eso terminaría complicándoles la batalla, era preferible que llegaran todos en un solo frente compacto para que pudieran acribillarlos. En cuanto te lo diga, corres a avisarle a Kwambá que van a entrar por el espinazo, volvió a decirle a Twaré. ¿Eso te lo dijo el espíritu del volcán?, preguntó el muchacho, y él dijo que sí, que el mismo espíritu se lo había dicho, y luego añadió, casi divertido, recordando el fenómeno cíclico que se aproximaba, que estaba por llegar y que afectaba a toda la región: en cualquier momento podría empezar el día del fuego, ya estamos en la temporada, a lo mejor ni llegan hasta aquí nuestros enemigos porque el venero del volcán los calcina en plena subida; dijo esto para consolarse, más que un gracejo parecía un deseo, y después se rio porque sabía que el volcán no iba a hacerle ese favor.

Una hora más tarde ya los veía mejor; eran tres y aparecían en los claros de la montaña, inmediatamente reconoció a Gabino, el caporal del cacique, subían por donde tenían que hacerlo, era gente habituada a los vericuetos, llevaban sombrero y cada uno cargaba su rifle, subían en silencio, iban concentrados en descifrar el camino y, de vez en cuando, el que guiaba se detenía, miraba hacia abajo y hacia la cima, hacía la cuenta del tiempo que les quedaba para llegar a la parte alta. Tikú calculó que, si no paraban a descansar y no disminuían el ritmo con el que iban subiendo, estarían ahí antes de lo previsto; no parecía que fueran a parar porque ya pasaba del mediodía y si no mantenían el paso iba a empezar a oscurecer. El hombre que iba adelante escrutaba cada tanto la línea de la montaña, desde la cornisa podía verse que leía con gran acierto las vías del bosque y, en cuanto se quitó el sombrero para limpiarse con la manga de la camisa el sudor de la frente, Tikú vio con toda claridad la greña crespa y rubia, inconfundible, de Lucio Intriago; era él mismo en persona quien iba a cobrar la vida de su hermano Medel; ni todos los años que le habían pasado por encima habían logrado mermar la figura y el genio del cacique.

Dos zopilotes que llegaban del rumbo del volcán pasaron volando sobre sus cabezas, muy cerca; pudieron oír el majestuoso aleteo que ejecutaron antes de lanzarse a sobrevolar el abismo que se abría ante ellos, la parte baja de la sierra y luego la extensión inmensa de la selva. Van a llegar hasta el mar, le dijo Tikú a Twaré, y enseguida le empezó a contar lo que se decía de esos zopilotes en La Portuguesa, que estaba más cerca de la costa. Por alguna razón, seguramente porque en el fondo temía que Lucio Intriago iba a terminar matándolo, sintió la necesidad de contarle algo a su hijo, algo de su pasado que Twaré pudiera recordar cuando él ya no estuviera. Los zopilotes salían del volcán, empezó a contar Tikú, construían sus nidos dentro del cráter y pasaban los inviernos ahí acurrucados, protegidos por el calor que se desprendía del magma ardiente que subía en cálidas vaharadas; cada vez que llegaba la primavera, los zopilotes se desperezaban e iban saliendo del cráter, casi siempre de dos en dos e invariablemente dirigiéndose hacia el mar, cruzaban el bosque y la selva y, cuando sobrevolaban el agua del golfo, se tiraban en picado sobre la primera criatura viva que veían nadando; los pájaros del volcán tenían esa costumbre, eran zopilotes todo el tiempo hasta que llegaban al golfo y ahí se comportaban como pelícanos, como gaviotas o como cormoranes. Durante los meses del calor, siguió contándole a su hijo, veían pasar por La Portuguesa a los zopilotes del volcán, y cuando iban regresando llevaban en los picos todo tipo de criaturas; pescados de diversos tamaños, anguilas que con el viento se movían como un hilacho y sobre todo calamares, algunos tan grandes que sobrepasaban el tamaño del zopilote; eran tremendamente fuertes esos pájaros y alguna vez, le dijo al muchacho, él había visto uno levantando un becerro recién nacido con el puro pico. Twaré lo escuchaba extasiado y cuando entendió que su padre había terminado su historia, le dijo que él había visto pasar toda la vida a los pájaros del volcán pero que nunca había sabido que hicieran tales cosas. Mientras contaba su historia, Tikú no dejaba de vigilar el ascenso de Lucio Intriago y sus hombres; cada vez los veía más cerca y la presencia en su montaña de ese cacique que no había pensado ver nunca más era muy perturbadora; además, había empezado a soplar un viento helado que le avivaba la fiebre, la casaca del poder no era tan caliente como sus pieles pero se consoló pensando que en ese momento crucial necesitaba menos del calor que del poder. Tienes frío, le dijo Twaré, y él se defendió diciendo que era una racha, que ya se le pasaría y, cuando estaba diciéndole eso a su hijo, sintieron encima de sus cabezas el vuelo de un tercer zopilote que tomó la misma ruta de los otros dos. Nakawé se acercó a preguntarle si tenía hambre, a decirle que llevaba ya mucho tiempo ahí sentado y que era hora de que comiera algo y le ofreció un puño de yerbas maceradas; el ofrecimiento se parecía más al de una esposa que al que podía hacerle una integrante de su guardia, y durante unos instantes fantaseó con la idea de vivir con ella y con su hijo, de pasar los últimos años de su vida con ellos, pero ya no tenía tiempo para hacer nada, su vida era ya definitivamente eso que enfrentaba ahí sentado en su piedra, una huida permanente de sí mismo que acababa justamente ahí, en la imposibilidad de seguir huyendo. No tengo hambre, le dijo a Nakawé, y además prefiero no comer, quiero tener la cabeza despejada, le dijo, mirando con curiosidad cómo ella se guardaba entre los pechos el puño de yerbas que acababa de ofrecerle.

Durante un rato largo, Tikú estuvo seguro de que los hijos del volcán liquidarían a Lucio Intriago y a sus esbirros, pero en algún momento algo detectó en el paso con el que iban subiendo la montaña, un ímpetu en el que se translucía la voluntad de acabar cuanto antes con él, que lo hizo dudar y decirle a Twaré, como si no fuera eso precisamente lo que estaban haciendo: debemos prepararnos para el combate, acechar al enemigo, vigilar cada uno de sus movimientos para exterminarlo en el instante en que lo tengamos más a tiro, esta es nuestra guerra, la guerra de los hijos del volcán. Entonces Tikú empezó a acordarse de la guerra de Atoyac, un conflicto agrario que había enfrentado a Santa Anita, una cooperativa indígena vecina de La Portuguesa, con los del pueblo de San Juan Evangelista; una guerra aquella que Tikú había contemplado atónito cuando era niño, había visto cómo se perseguían unos a otros en medio de la selva con el machete en alto y cómo descargaban tajos inclementes en el cuerpo del enemigo, tajos despiadados, inolvidables por la sencillez con la que entraba en la carne el filo del metal, una sencillez obscena e ilustrativa que lo había hecho comprender de golpe el mundo en el que vivía; no había sido propiamente una guerra, sino una serie de episodios sangrientos entre los integrantes de uno y otro bando, a veces eran dos los que se trenza-

199

ban y otras llegaba un tercero a masacrar por la espalda al adversario. Antes del combate, los de Santa Anita habían ido a consultar a la Chamana, a preguntarle por las posibilidades que tenían de ganar, a pedirle que les dedicara una ceremonia y les bendijera las armas y los amuletos, y la Chamana, como era su costumbre, había puesto sus poderes al servicio de quien los necesitara, y además los había pintado con unas lajas de lodo que fue sacando del suelo con un puñal, de ahí mismo donde estaban. Al principio los de Santa Anita habían protestado por aquella faramalla, pero pronto se convencieron de su utilidad; la Chamana les dijo que era fundamental embarrarse de la fuerza de la tierra, contar con ese poder y además, añadió: al ir pintados van a reconocerse, porque si no, son tan pendejos que son capaces de terminar dándose machetazos entre ustedes. Tikú había presenciado aquella batalla terrorífica, cuyo escenario había sido el corazón de la selva: los de Santa Anita habían logrado conservar las tierras que querían quitarles los de San Juan Evangelista, a costa de una carnicería que duró casi una semana, entre batallas aisladas y dos o tres guerras campales donde los dos bandos se trenzaban con los machetes, con las hachas, con unas lanzas largas cuyas puntas ellos mismos tallaban; se daban con todo menos con armas de fuego, porque el estruendo de los tiros llamaría la atención de la policía, o de los militares, y si eso pasaba iban a acabar en la cárcel, metidos todos en el mismo galerón, y aquella posibilidad era casi peor que la misma guerra. El conflicto entre los de Santa Anita y los de San Juan Evangelista había dejado un saldo numeroso de cadáveres en la selva;

los que eran padres, hermanos, hijos de alguien habían sido enterrados pero los demás no, se habían quedado ahí descomponiéndose a la intemperie. Ahí que se queden los hijos de la chingada, había dicho la Chamana cuando Tikú le había hecho ver lo ignominioso de ese panorama; si son tan pendejos de pelearse así, sentenció la vieja, lo que les toca es pudrirse a los cuatro vientos.

Tikú recordaba todo aquello mientras contemplaba, a lo lejos pero cada vez más cerca, el ascenso trepidante de sus verdugos; debemos prepararnos para el combate, le dijo nuevamente a Twaré, pensando en aquel ritual de la Chamana que no había olvidado nunca, porque eso era precisamente lo que él buscaba en ese momento, algo que su hijo recordara a lo largo de su vida. Twaré se le quedó mirando extrañado, pero lleno de ilusión, dispuesto a hacer con entusiasmo cualquier cosa que su padre, el Único, le dijera, no importaba qué fuera eso de prepararse para el combate. Tikú se puso a abrir la tierra con el machete y sacó un trozo de légamo, un puño de cieno oscuro, y le dijo a Twaré, acércate, siéntate aquí a mi lado que tenemos que prepararnos, haz lo mismo que hago yo, y comenzó a pintarse con el légamo, como recordaba que lo había hecho la Chamana con los guerreros de Santa Anita: primero la frente, luego debajo de los ojos y el cuello y, al final, ya como cosa suya, se untó los antebrazos desde la muñeca hasta el codo; hazlo bien, le iba diciendo todo el tiempo a su hijo, haz lo que hago yo, fíjate cómo voy pintando la zona que está debajo de los ojos. Con esa misma devoción que le dedicaba siempre, Twaré fue imitando lo que hacía su padre, siguió rigurosamente las instrucciones hasta que terminó de enlodarse los antebrazos; luego Tikú le explicó la importancia de cargarse con el poder de la tierra, le dijo que acababan de echarse encima la fuerza de la montaña y después improvisó la confección de un santo, una figura sencilla que podían armar mientras esperaban al enemigo, y llevar encima como un amuleto para que los protegiera. Ve a buscar unas varas tiernas de los platanillos que crecen del otro lado de la cornisa, le pidió a Twaré. ¿Eso te lo ha dicho el espíritu?, preguntó el muchacho ilusionado. Sí, hijo mío, me lo ha dicho el espíritu del volcán, respondió Tikú, ve a conseguir rápidamente eso que te pido mientras yo vigilo el ascenso del enemigo. Su pretensión era que si Lucio Intriago lo mataba, su hijo tuviera al menos ese recuerdo suyo, ese momento único en el que su padre se había sentado con él a enseñarle algo, a cumplir con ese precepto elemental de la especie que es la transmisión del conocimiento; ninguna vida es completamente estéril si se deja un hijo, ni siquiera la mía, pensó Tikú mientras veía cómo Twaré se dirigía, lleno de entusiasmo, al otro lado de la cornisa para cumplir con lo que le había encargado. Su estado de ánimo lo traicionaba, a pesar del ejército de hijos del volcán que tenía de su lado, a pesar de la centuria que lo respaldaba ya a esas alturas pensaba con la añoranza de un moribundo, imaginaba una y otra vez lo que habría sido de su vida si se hubiera hecho cargo de su hijo desde el principio, si hubiera establecido una relación con Nakawé, si hubiera fundado con ellos una casa y un sistema común de supervivencia, en lugar de haber pasado treinta años de soledad en la montaña; esa carencia que sentía con una crecida intensidad iba espoleada por el peligro inminente de la llegada del cacique y sus esbirros, y quizá sin ese peligro, sin la posibilidad muy palpable de que esos hombres podían matarlo antes del anochecer, su hijo y Nakawé no habrían cobrado esa importancia, no con esa desmesura; se agarraba a ellos porque era su forma de no rendirse todavía, y sus preparativos para la guerra cumplían con la misma función, la de pertrecharse detrás de personas y rutinas llenas de significado para evitar que lo arrasara la muerte que ya venía subiendo la montaña; más que arrasarlo le preocupaba que la muerte lo desvaneciera, que hiciera que se olvidara inmediatamente lo poco que había hecho, la criatura precaria que había sido. Aquí están las varas, le dijo Twaré, puso el montón en el suelo y se sentó a su lado a esperar a ver qué hacía su padre con ellas. Mientras Tikú elegía dos piezas largas para confeccionar el redondel que delimitaba la dimensión del santo, le preguntó a su hijo si le hubiera gustado conocerlo antes, cuando era un niño y todavía era posible formar una casa. A Twaré le pareció una pregunta extraña, le respondió que eso no tenía ninguna importancia porque ya estaban juntos, ya tenían una casa, ¿o qué es lo que quieres saber?, le dijo lleno de candor, y un poco avergonzado porque no deseaba que su padre pensara que era incapaz de entender sus preguntas. Nada, no importa, le dijo él, y se puso a enseñarle cómo acoplar las varas de platanillo para configurar al santo. Twaré no perdía detalle, sus dedos toscos de hijo del volcán no ayudaban, pero se esmeraba mucho para que la figura quedara igual a la de su padre, iba siguiendo atentamente las instrucciones, entreveraba las piezas y, a cada movimiento que hacía, preguntaba si lo estaba trenzando bien. Al cabo de unos minutos tenían los santos hechos, eran dos piezas pequeñas del tamaño de una flor, y Tikú le dijo que se lo pusiera en algún sitio entre la ropa, que lo llevara durante el combate y después lo conservara para seguir beneficiándose de su protección. Twaré miró a su padre para decirle, muy sonriente y con la cara embarrada de lodo: ahora sí ya estamos preparados para la guerra.

Una ráfaga de viento helado hizo temblar a Tikú, pensó que la añoranza de esa casa que no había compartido con Twaré era inútil, y que haber descubierto a su hijo al final de su vida era contraproducente, porque a Lucio Intriago habría sido más fácil enfrentarlo solo, sin nada que perder, ni que proteger, ni que añorar.

A Tikú ya no le quedaba más que observar el ascenso del cacique, con el desasosiego de que podía ser su propia muerte la que iba subiendo paso a paso la montaña; no le quedaba más que esperar, agarrado al ritual de la cara pintada que había compartido con su hijo y al santo que habían confeccionado y que él había puesto en su morral, donde llevaba los cartuchos de la escopeta, en un acto lleno de significado, como si su intención hubiera sido cargar los tiros con su poder, contaminarlos de su fuerza para que no les fuera a dar por desviarse, por errar en ese momento preciso en el que, si no lo liquidaba con el primer disparo, Lucio Intriago podía matarlo a él, con todo y la protección de los hijos del volcán. Ante aquel panorama Tikú valoró la posibilidad de no asistir a la batalla, de dejar que su ejército se hiciera cargo de su enemigo, pero enseguida reculó, pues entre las cosas que quería dejarle a su hijo estaba el recuerdo de su padre como líder de la tribu, y para que el recuerdo fuera útil tenía que matar personalmente a Lucio Intriago, de otra forma su memoria iba a quedar en poca cosa. Abrió la escopeta para cambiar el cartucho por uno de los del morral que ya tenían el poder del santo; no vaya a ser, pensó. ¿Por qué cambias el cartucho?, preguntó su hijo, que no perdía detalle de lo que hacía su padre, ¿te dijo el espíritu que hicieras eso? Porque no quiero errar el tiro, respondió Tikú, quiero darle a Lucio entre ceja y ceja con el primer disparo y sí, el espíritu me dijo que hiciera eso. Su estrategia era la única posible, la de la fiera que acecha; cuando viera que el enemigo alcanzaba cierta altura en el espinazo, iba a decirle a Twaré que fuera corriendo a alertar a Kwambá para que preparara el ataque de la centuria, para que implementara la masacre de esos infelices que querían matarlo y que iban a meterse a su territorio precisamente por esa cresta que señalaba la montaña, subiendo por esa ruta no había otro punto por el que pudieran entrar, lo harían precisamente por el sitio donde colgaba el santo que protegía ese rumbo, y él iría detrás de Twaré, tenía que ser él mismo quien pusiera fin a esa larga historia y ya quería que ese momento llegara cuanto antes, para que no terminara enloqueciéndolo aquel vaivén que era ya un tormento, el que iba de su centuria consumando la masacre hasta él mismo siendo masacrado por el cacique; pero ¿cómo iban a hacerle nada a él tres matones, si estaban los cien hijos del volcán listos para defenderlo? Ya sabía que la voz de adentro no iba a volver a hablarle, estaba solo, era como si él hubiera ido suplantando a la voz para enseñar el camino a los hijos del volcán, como si él mismo fuera ya la voz.

Los zopilotes regresaban después de su pesquisa en el mar y verlos aproximarse a la montaña, a su piedra desde la que observaba el ascenso del enemigo, le pareció un mal presagio; se acercaban planeando con las enormes alas extendidas, eran un manchón negro que enturbiaba el cielo, eran los príncipes de la carroña, los que dentro de muy poco tiempo irían bajando en círculos para hundir los picos en la carne muerta, y todo aquello le pareció un mal augurio. La voz de Twaré lo expulsó de esa turbulencia, los embates de la fiebre lo estaban haciendo tiritar, tenía la pierna entumecida y sentía una violenta pulsación alrededor de la herida que repercutía, como un eco, dentro de su cabeza. Los zopilotes no traen nada en los picos, le hizo notar su hijo un poco decepcionado, quería verlos cargando una anguila muy larga, o el ternero del que le había hablado su padre. Ya se lo habrán comido, dijo Tikú tratando de disimular la temblorina, toma en cuenta que pasan todo el invierno en el cráter, tendrán mucha hambre y se habrán zampado rápidamente lo que pescaron. En lugar de seguir su ruta hacia el volcán como era lo habitual, los zopilotes comenzaron a dar la vuelta y a sobrevolar, en un amplio y dilatado círculo, un campo que los comprendía a ellos y también a los hombres que iban subiendo por el espinazo. Los zopilotes quieren un muerto, le dijo a Twaré, mirando el vuelo siniestro de los pájaros y a continuación el ascenso de Lucio Intriago y sus esbirros, que estaban cada vez más cerca. Contemplada desde su pesimismo, desde los arrebatos de la fiebre, la situación le pareció inequívoca: los pájaros en el cielo y los hombres que iban ascendiendo la montaña los estaban acosando por arriba y por abajo, como si quisieran triturarlos. Esos pinches zopilotes están esperando un muerto, repitió Tikú y Twaré sonrió complacido; el muerto para su hijo no podía ser otro que Lucio Intriago. A nosotros no puede pasarnos nada, dijo Twaré, con el discurso de su padre bien asimilado, somos muchos más, estamos armados, sabemos luchar y además nos ayuda el espíritu del volcán, agregó con un entusiasmo contagioso que a él lo reconfortó, porque la creciente amenaza de los hombres que iban subiendo la montaña lo había puesto a dudar otra vez, a creer que él era el muerto que estaban esperando los zopilotes. En ese momento lo único que lo sostenía era el entusiasmo de su hijo, la relación que habían conseguido fundar en los últimos días, y también la veneración que le manifestaba toda la tribu; más allá de que los hijos del volcán terminaran salvándole la vida, ya se la habían colmado de sentido y eso era muy importante, pensó con resignación. Los zopilotes iban completando su círculo con una lóbrega morosidad, y él, a cada vuelta, sentía crecer el deseo de bajarlos de un escopetazo; señalando a los hombres que iban subiendo, y que se veían entre los árboles cada vez con más frecuencia, Tikú le dijo a Twaré: vamos a arrasarlos antes de que puedan apuntarnos con sus rifles; y lo dijo para imponerse al desánimo que lo había estado abatiendo, lo dijo porque entendió que la obligación de un padre era conservar la entereza para que el hijo tuviera un punto de apoyo, un asidero, una esperanza. El muchacho abría y cerraba los puños nerviosamente, el entusiasmo le resplandecía en los ojos mientras se movía de un lado a otro y repetía, sí, vamos a arrasarlos, vamos a acabar con los enemigos. De pronto Twaré dejó de moverse y se plantó frente a su padre y, con el mismo entusiasmo resplandeciente, le preguntó: eso de que vamos a arrasarlos, ¿te lo dijo el espíritu del volcán?

Corre, ve a decirle a Kwambá que Lucio y sus hombres están a punto de llegar, que se agazapen en la entrada del espinazo y que preparen sus armas, que se distribuyan bien para que no se estorben a la hora del ataque, le dijo Tikú al muchacho. Acababa de verlos salir del último meandro, se desplazaban los tres muy despacio, con las espaldas pegadas a la piedra, no querían despeñarse en el último momento y él los veía de frente, expuestos, entregados si el plan hubiera sido bajarlos a tiros desde ahí. Calculó que, una vez sorteado el meandro, les tomaría media hora, como mucho, llegar al final del espinazo. ¿Y tú?, preguntó Twaré a su padre, ¿qué vas a hacer? Yo también voy yendo hacia allá, pero no avanzo tan rápido como tú, respondió señalándose la pierna; la supuración de la herida le había dejado ya una escandalosa mancha en el pantalón. El espíritu me dijo que yo soy el que debe matar a Lucio Intriago, añadió Tikú, así que tendré que llegar a tiempo, dile a Kwambá también esto para que nadie se me adelante. El muchacho no se animaba a irse, llevaba horas viéndolo disimular mal las acometidas de la fiebre, las rachas de escalofríos, y había visto de qué forma arrastraba la pierna al caminar y la manera en que se había ido expandiendo la mancha que tenía en el pantalón. ¡Vete ya!, le ordenó Tikú, no te preocupes por mí, tengo una guardia que me cuida, dijo para tranquilizarlo. Twaré se fue, se internó en el bosque con el hacha en la mano; la guerra era inminente y su hijo estaba ansioso por comenzarla y cuando iba ya entre los árboles, moviéndose con esa destreza felina que tenían los hijos del volcán, pegó un largo aullido, un grito salvaje que se escabulló ladera abajo. Tikú tuvo que hacer un esfuerzo para levantarse, tanto tiempo inmóvil lo había dejado entumecido, pero ya su malestar le importaba poco, la forma en que su hijo se preocupaba por él paliaba todas las molestias, y al mismo tiempo acrecentaba el miedo de que fuera Lucio Intriago el que lo matara a él; antes de echarse a andar dedicó una larga mirada a la selva, una bruma andrajosa despuntaba por encima de los árboles y más allá el sol se asentaba y producía un reflejo vibrante en la superficie del mar; los zopilotes seguían completando su círculo siniestro, cada vuelta cerraban un poco más el redil, acotaban el perímetro porque sabían que el muerto no tardaría en caer. ¡Vámonos!, le dijo Tikú a Nakawé, que lo miraba con aprensión desde que Twaré se había ido a alertar a los hijos del volcán, parecía que ella también tenía prisa por batirse contra el enemigo. En cuanto dio el primer paso sintió que la pierna que le supuraba era un peso muerto que iba a tener que arrastrar hasta la entrada del espinazo; el coyote se desperezó y se puso a andar detrás de él; la guardia cerró filas para protegerlo y Nakawé, alarmada por la manera en que arrastraba la pierna, se acercó para ayudarlo pero él se lo impidió, y tampoco permitió que le fueran levantando los faldones; vamos a la guerra, dijo Tikú, qué más da que la casaca se me desgarre o se me llene de huizapoles. Los amagos de la fiebre iban y venían y él trataba de conservar la firmeza, se agarraba a su escopeta con ansiedad; el viento no pegaba tan fuerte en el interior del bosque y en cada claro que se abría entre los árboles veía el vuelo amenazante de los zopilotes; a pesar de que él iba arrastrando la pierna, el grupo avanzaba a buen paso, Nakawé iba delante allanándole el camino, muy pronto estaría otra vez frente al cacique de San Juan el Alto y, para disminuir el desasosiego que le producía esa situación, comenzó a pensar en su hijo, que ya habría avisado a Kwambá de la inminente llegada del enemigo y estaría organizando la distribución de los hijos del volcán, como él había ordenado. Mientras iba avanzando hacia la entrada del espinazo imaginó el gesto de Twaré, la ilusión con que escuchaba todo lo que le decía, su mirada resplandeciente y la preocupación que le había visto en el momento de dejarlo solo, y ese loco grito que había soltado blandiendo el hacha entre los árboles; en eso su hijo no se le parecía, él no había escuchado nunca con ilusión a su padre, ni tenía ese entusiasmo ni se veía pegando gritos de guerra en medio del bosque. Imaginó, para darse ánimos, el instante en el que el cacique y sus hombres se descubrieran rodeados por su ejército, fantaseó con la posibilidad de que terminaran rindiéndose, o de que trataran de batirse a tiros y fueran abatidos por los hijos del volcán; era Lucio o era él, alguno de los dos tenía que morir, lo decían los zopilotes con ese círculo que no dejaban de completar. Estamos llegando, dijo Nakawé; que alguien se adelante y nos asegure que Kwambá ya puso a los hijos del volcán en la entrada del espinazo, ordenó Tikú, y aprovechó el alto para recargarse en un tronco y descansar del dolor atroz que tenía en la pierna; no quería llegar y encontrarse con Lucio Intriago él solo respaldado por su guardia personal, quería estar protegido por la centuria completa. La enviada de Nakawé regresó y dijo que ya estaban ahí todos preparados para el ataque; ¡vamos!, dijo él, y desde que comenzaron a avanzar empezó a ver a sus soldados repartidos en todo el perímetro; Kwambá ya lo estaba esperando y se aproximó a él para recibir las últimas instrucciones; deben estar por llegar, dijo Tikú en voz baja y añadió, por si no había quedado suficientemente claro: yo voy a matarlo, es lo que dijo el espíritu que tenía que hacer; enseguida se acercó Twaré y se quedaron en silencio, pendientes de los tres hombres que iban a salir de un momento a otro de entre los matojos. Muy pronto los oyeron acercarse, escucharon sus botas pisando la hojarasca y después sus resoplidos, la respiración entrecortada de esos infelices que habían estado todo el día subiendo la montaña, hasta que finalmente aparecieron: primero Lucio Intriago y detrás sus dos esbirros. Tikú miró a Kwambá y a Twaré, había llegado la hora; salió de detrás de un árbol y encañonó a Lucio, le puso la punta de la escopeta en la cabeza y dijo a los otros dos que no se movieran ni un milímetro porque si lo hacían, iba a sorrajarle un tiro al cacique, y en cuanto dijo esto vio con satisfacción cómo los rodeaba un apretado tumulto de hijos del volcán. Quítales las armas, le dijo a Kwambá, y después ordenó que los amarraran de pies y manos, que los dejaran listos para colgarlos de un árbol. Los hombres del cacique lo miraban con incredulidad y Lucio, con la punta de la escopeta todavía clavada en la sien, le preguntó, ¿con quién hablas? ¿Que con quién hablo?, dijo Tikú con una nota de ironía, mirando satisfecho cómo los hijos del volcán, sus soldados, estrechaban el cerco alrededor de sus enemigos. Aquí no hay nadie más que tú, estás solo, dijo el cacique con una seriedad que desconcertó a Tikú y que lo hizo voltear para comprobar, aterrorizado, que efectivamente no había nadie más, que estaba completamente solo. ¡Twaré!, ¡Kwambá!, comenzó a gritar fuera de sí, y Lucio Intriago aprovechó su desconcierto para arrebatarle la escopeta, encañonarlo y decirle, deja de gritar, ¿estás loco?, aquí no hay nadie más que tú. Es él, patrón, este fue el que mató a su hermano, aseveró Gabino. Cuando Lucio Intriago le disparó, Tikú seguía gritando desesperado, ¡Twaré!, ¡Kwambá!, ¡Nakawé! Cayó boca arriba al suelo, vio al santo que protegía ese rumbo de la montaña meciéndose con el viento y, más arriba, el círculo que completaban, una vez más, los zopilotes. Ya tienen su muerto, pensó, y luego ya no pensó nada.

Índice

Los hijos del volcán de Jordi Soler
se terminó de imprimir en noviembre de 2021
en los talleres de
Litográfica Ingramex, S.A. de C.V.,
Centeno 162-1, Col. Granjas Esmeralda, C.P. 09810,
Ciudad de México.